KB162449

옆집 천사님 때문에 어느샌가
인간적으로 타락한 사연

사에키상

일러스트 하네코토

Vol **6**

©Hanekoto

©Hanekoto

"아마네 군과 함께 있는 시간이
길어지는 게, 기쁘니까요⋯⋯."

시라카와 치토세

아카자와 이츠키

©Hanekoto

후지미야 아마네

시이나 마히루

"제 마음은,
항상 곁에 있기를
바라니까요."

©Hanekoto

목 차

후지미야 아마네

진학하고 자취를 시작한 고등학생.
집안일을 못해서 엉망으로 생활했다.
자신을 비하하는 경향이 있지만
근본은 착하고 상냥하다.

시이나 마히루

아마네의 옆집에 사는 소녀.
학교 제일의 미소녀, 천사님으로 불린다.
아마네의 생활을 보다 못해
식사를 챙겨 주고 있다.

©Hanekoto

사에키상
일러스트 하네코토
Story by Saekisan
illustration by Hanekoto

옆집 천사님 때문에 어느샌가 인간적으로 타락한 사연

vol. **6**

She is the neighbor
Angel,
I am spoilt by her.

©Hanekoto

일러스트
하네코토

제1화 천사님의 기상

어디선가 새가 지저귀는 소리가 들렸다.

기분 좋은 나른함과 온기가 지배하는 나른함 속에서 천천히 의식이 또렷해진 아마네는 아직 자고 싶다고 저항하는 눈꺼풀을 간신히 떴다.

잠에서 깨 흐릿해진 시야로 지금 상황을 확인한다. 커튼이 걷힌 창문으로 아침 햇살이 들어오고 있다는 것과 평소에는 없던 온기가 곁에 있음을 깨달았다.

냉방 타이머가 꺼졌는지 슬금슬금 스며드는 듯한 더위를 느끼지만, 품에서 느껴지는 온기는 불쾌하지 않다.

아직 온몸을 지배하는 나른함을 방치하고 그 온기를 끌어안자 포근하고 달콤한 냄새와 함께 "우웅." 하고 달콤하고 가냘픈 목소리가 들렸다.

그제야 품으로 시선을 돌리자 잠자리에서는 낯선 매끈한 황갈색 강이 눈에 확 들어왔다.

힌순간 소리를 죽인 것은 좋은 판단이었겠지. 품 안에서 편안하게 잠든 마히루를 본 아마네는 삼킨 목소리를 내뱉는 대신 조용히 깊은 한숨을 내쉬었다.

그러고 보니 어제는 마히루랑 같이 잤지.

　기억을 떠올린 덕분에 펄쩍 뛰는 일은 없었지만, 잠에서 깬 직후인 아마네의 심장에 주는 부담은 여전하다.

　몸속에서 쿵쿵대며 큰 소리를 내는 심장에 답답함을 느끼지만, 편안히 잠든 마히루의 얼굴을 보고 있으면 심장도 조금씩 잔잔한 박동을 되찾아 간다.

　심호흡하고 마음을 차분히 가라앉히면서, 아마네는 다시 잠든 마히루의 얼굴을 바라보았다.

　아마네의 팔뚝에 머리를 얹고 규칙적으로 숨소리를 내는 마히루는 그만 넋을 잃고 말 정도로 사랑스럽고 천진난만하다.

　완전히 마음을 놓은 듯 행복하게 풀린 표정은 자고 있으면서도 잔잔한 미소를 짓고 있는 듯한 인상을 안겼다.

　(정말이지, 무방비하고 귀여워.)

　잠든 천사의 얼굴이라고 해도 과언이 아니다. 천사님이라는 별명이 부끄럽지 않은 아름다움과 청초함이 있었다.

　본인에게 말하면 낯을 붉히고 한동안 토라질 것 같지만, 어디까지나 아마네의 가슴속에만 간직할 것이니 마음껏 생각할 수 있다. 지금이라면 중얼거려도 눈치채지 못하겠지만.

　참 귀엽다고 절실히 생각하며 바라보고, 한가해진 한 손으로 마히루의 머리를 부드럽게 쓰다듬었다.

　천사의 고리처럼 윤기가 나는 머리. 살랑살랑한 머리카락을 부드럽게 쓸면서, 베개가 되는 바람에 저리기 시작한 팔을 마히루가 깨지 않게 조심스럽게 움직여 자세를 조금만 바꾼다. 이렇게 함으로써 잠든 마히루의 얼굴을 더 감상할 수 있는 것이다.

이렇게 잠든 얼굴을 계속 구경할 수 있다면 팔이 저려도 싸다.

아직 잠에서 깰 기미가 없는 마히루를 보며 작게 웃은 아마네는 그 부드러운 뺨을 손끝으로 쓰다듬으며 질리지도 않고 바라보는데, 문득 문 쪽에서 노크 소리가 났다.

"아마네, 일어났니?"

문 너머에서 조심스럽게 들리는 아버지의 목소리.

(무슨 일이지?)

아마도 깨우러 온 거겠지만, 아마네가 여기서 대꾸했다간 마히루가 깰 수 있다.

모처럼 이렇게 편안하게 잠들었는데 깨우면 불쌍하고, 아마네로서도 조금만 더 마히루의 얼굴을 바라보고 싶다.

하지만 대꾸하지 않으면 깨우려고 방에 들어올 테니까 어떻게 할지 고민하는데—— 결론을 내리기도 전에 방문이 열렸다.

방문 너머로 낯익은 아버지의 모습이 보이고, 아마네는 얼굴을 살짝 굳혔다.

그러자 아마네의 아버지, 슈토는 침대를 보고 눈을 휘둥그레 뜬 다음 "어허."라며 작은 미소를 지었다.

아, 이건 어머니에게 전해져서 나중에 놀림당하는 상황이다. 그렇게 순식간에 깨달은 아마네는 다 포기하고 뺨을 떨면서 검지를 입 앞에 세웠다.

쉿. 소리를 내지 않아도 뜻은 전해질 것이다.

똑똑한 슈토는 아마네의 몸짓 하나에 고개를 끄덕이더니, 이어서 흐뭇한 기색으로 침대 쪽을 바라보며 손을 살랑살랑 흔들고 조용히 방을 나갔다.

희미하게 방문이 닫히는 소리와 절제된 발소리가 멀어지는 것을 확인한 아마네는 소리 없이 한숨을 쉬었다.

(착각하지 않았으면 좋겠는데.)

사귀는 남녀가 한 침대에 누워 있다면 말도 안 되는 착각을 불러일으키겠지.

사귀고 나서 이렇게 같은 방에서 밤을 보내는 상황에서도 아이들 인사 수준의 키스만 할 정도로 아주 건전한 관계이지만, 아마네의 부모님은 두 사람의 진도가 어디까지 나갔는지 알 리 없다.

아니지. 행위의 흔적은 전혀 없으니까 슈토라면 너무 넘겨짚지 않을 테지만, 그래도 창피한 건 창피하다.

나중에 추궁당할 것을 각오하면서 마히루의 머리를 쓰다듬고 있는데, 가녀린 몸이 품속에서 뒤척뒤척 움직였다.

평소 규칙적으로 생활하는 마히루가 이토록 잠에서 깨지 않는 것은 신기한 일이다.

"우응……."

희미하게 목에서 소리를 내고 온기를 구하듯 아마네의 가슴에 얼굴을 묻는 마히루가 한없이 사랑스럽다. 하지만 충동적으로 껴안으면 완전히 잠에서 깰 테니까 머리를 쓰다듬는 것만으로 참았다.

냉방은 진즉에 꺼졌을 텐데, 마히루는 아마네의 몸에서 떨어지지 않고 뺨을 문지르고 있다. 마히루의 발끝에 자신의 발끝을 대 보니 아마네보다 서늘한 체온이 전해졌다. 역시 원래부터 몸이 찬 체질일지도 모른다.

그렇다면 어제 냉방은 추웠겠지. 아마네는 그 점을 반성하면서 마히루를 따뜻하게 덥히듯 다리를 포개고 살며시 등에 손을 얹어 직접 온기를 전했다.

함께 온기를 나누고 있자니 행복한 기분이 들어서 부드러운 몸을 감싸듯 부드럽게 접촉했다. 그러자 이번에는 크게 몸을 뒤척인 마히루가 천천히 아마네 쪽으로 얼굴을 돌렸다.

물기가 똑똑 떨어지는 소리가 날 듯 촉촉하게 젖은 캐러멜색 눈동자는 아마네의 얼굴을 보고도 아직 흐릿하다.

어딘가 풀어진 듯 나른해 보이는 표정 덕에 더욱 어려 보인다.

"미안해. 깨웠어?"

아마네는 잠기운에 취한 마히루에게 미소를 짓고 다시 머리를 쓰다듬었다. 그러자 마히루는 도로 눈을 감고 이번에는 기분 좋은 듯이 아마네의 손길을 순순히 받아들였다.

완전히 잠이 덜 깼구나. 그렇게 생각한 아마네가 이참에 잠이 덜 깬 마히루를 귀여워하듯이 뺨을 따라 손가락을 움직이자 "으응." 하고 정말로 귀여운 목소리가 흘러나왔다.

(잠에서 막 깼을 때는 정말 어리광쟁이구나, 마히루는.)

잠에서 덜 깨어 한껏 풀어진 마히루가 사랑스러운 나머지 귀여워하듯이 바라보고 만지고 했는데, 역시 5분쯤 지나면 졸음에서 의식이 부상하는 듯 눈을 딱 떴다.

일어났다고 확신한 아마네가 "잘 잤어?"라고 일부러 볼에 키스하자 우스꽝스러울 정도로 경직된 마히루를 볼 수 있었다.

"어……? 아마네 군……? 어, 어째서?"

"기억 안 나? 그렇게 후끈한 밤을 함께 보냈는데."

보아하니 잠에서 깨고 머리가 잘 돌아가지 않는 상황인 것 같아서 일부러 어폐가 있는 말을 골라서 써 봤다.

참고로 거짓말은 하지 않았다. 후끈한 밤도 날씨가 더운 밤을 말한 거지만. 더군다나 실제로는 냉방 덕분에 싸늘했다고는 굳이 말하지 않는다.

밤을 함께 보냈다. 그 말에 마히루는 "어? 어?" 하고 말을 더듬으면서 아마네를 보더니, 다음에는 자신의 옷차림을 확인했다.

다소 옷매무새가 흐트러졌을지는 모르지만, 수상한 짓을 한 흔적은 전혀 없을 것이다. 실제로도 하지 않았으니까 있어도 곤란하지만.

"농담이야……. 안 했어, 아무것도."

"그, 그래요……."

"뭐, 볼에 키스 정도는 했는데. 아까."

아침 인사로 키스 정도는 허용할 수 있겠지? 아마네가 웃으며 말하자 마히루는 새빨개졌다. 나지막하게 "아침부터 자극이 너무 강해요."라고 중얼거려서 조용히 웃었다.

"완전히 마음 편하게 잔 것 같은데, 잘 잤어?"

그제야 정신이 완전히 깨어난 듯한 마히루를 안아 일으키며 물어보자, 아마네의 품에서 부끄러운 듯 눈을 내리뜬다.

"그게…… 아마네 군의 품에선, 마음이 편해져서요."

"가슴이 뛰진 않고?"

"그, 그건 그렇지만요……. 그래도, 마음이 편해져요."

지금은 가슴이 두근두근 뛴다고 중얼거리며 두 팔로 아마네의 등을 감싸는 마히루. 아마네는 소리를 내어 웃으며 그런 마히루의 얼굴을 살핀다.

"그렇게 편안하다면 말이야. 매일 같이 잘까?"

"그, 그건, 저기."

"농담이야."

마히루가 허둥댈 것을 예상하고 말해 본 거니까 딱히 진심으로 받아들이지 않아도 된다.

아마네 역시 매일 같이 잤다간 이성이 사망할 것 같다. 지금도 비교적 아슬아슬한 선에서 버티고 있는데, 매일 곁에서 잔다면 머지않아 손대고 말 것 같아서 두렵다.

농담으로 넘어가지 않으면 버틸 수가 없다며 자기 이성을 전적으로 믿지 않도록 스스로를 타이르던 아마네는 문득 마히루가 고개를 숙이고 있는 것을 깨달았다.

너무 놀렸나 싶어서 달래려고 등을 토닥였을 때, 마히루는 아마네를 올려다보듯 고개를 들었다.

얼굴은 장밋빛으로 물들어 있다.

"가……가끔, 이라면요."

그렇게 작게 헐떡이듯 중얼거리는 바람에 아마네는 한순간 머릿속이 새하얘졌다.

가끔이라면.

즉, 같이 자는 것 자체는 싫지 않다는 것이다.

아마네의 곁에서 자는 것이 좋다는 뜻이다.

"진담이야?"

"사, 사귀는 사이, 라면, 그 정도는 해도…… 괜찮지 않을까요?"

"그, 그렇지만……."

그렇게 말하면 뭐라고 반박할 수 없다.

고등학생 커플은 집에서 같이 놀고 자는 것 자체가 흔하다. 오히려 아마네와 마히루는 진도가 느린 편일 것이다.

이츠키와 치토세도 자주 치토세의 집에서 자고, 더군다나 아마네와 마히루는 아직 손도 대지 못한 일도 할 것이다.

다만 문제가 있다. 자고 간다면 그렇고 그런 것을 조금 기대해 버린다. 남자의 본능이고, 남친으로서 어느 정도는 당연히 기대해도 어쩔 수 없다.

아마네가 무슨 생각을 하는지 짐작한 듯한 마히루가 허둥지둥 얼굴을 한껏 빨갛게 물들이더니 약간 울먹이는 눈으로 아마네를 바라본다.

"저기, 딱히, 그런 것을 바라는 것은 아니고요……. 아마네 군과 함께 있는 시간이 길어지는 게, 기쁘니까요……."

"그래……."

"싫어, 요……?"

"싫을 리가 없잖아. 오히려 기쁘다고 할까?"

마히루가 불안한 기색으로 쳐다봐서 강하게 부인했지만, 미묘하게 속마음이 흘러나왔다.

부끄러운 듯 몸을 떠는 마히루를 보고 반성하면서, 아마네는 속에서 치솟는 욕망을 도로 삼키고 마히루의 머리를 쓰다듬는다.

"그건 뭐…… 다음에 생각해 보자."

"그, 그래요."

"자, 슬슬 준비할까? 마히루도 옷을 갈아입어야지."

"그, 그러네요."

일단 이 화제는 끝내기로 했다. 더 생각하다가는 여러 가지 활동에 지장이 생길 것 같다.

아마네는 심호흡으로 마음을 도로 가라앉히려고 하면서 마히루를 해방한다. 그러자 마히루는 수치심 때문에 허둥지둥 침대에서 내려와 돌아본다.

왜 저러지 싶은 순간, 단숨에 거리가 줄어든다.

부드럽게 퍼지는 달콤한 향기와 입술에 닿는 부드러운 감촉.

맞닿은 곳은 금방 떨어지고, 그 대신에 부드럽게 휘날리는 황갈색 머리가 뺨을 간지럽혔다.

"아까 아마네 군이 많이 놀려서, 복수한 거예요."

마히루는 부끄러움을 참듯 빨개진 얼굴로 그렇게 말하고 머리카락을 휘날리며 잽싸게 방을 빠져나갔다.

아마네는 그것을 지켜본 다음 다시 침대에 벌렁 누웠다.

(안정을 찾을 때까지 당분간 못 나가겠는데.)

마히루가 뜻밖에도 대담한 것을 절감하면서, 아마네는 몸에서 열기가 빠질 때까지 천장을 바라봤다.

"어머, 아마네. 잘 잤니?"

거실에서는 이미 부모님이 앉아서 기다리고 있었다.

주방에서 조리하는 소리가 나고 낯익은 황갈색이 보이는 것으로 봐서, 마히루가 약속한 오믈렛을 만들어 주고 있을 것이다.

"안녕."

"자, 여기 앉으렴. 마히루가 지금 아마네의 아침밥을 만들어 주고 있으니까."

"어."

아마네가 여러모로 안정을 되찾느라 많이 늦어진 사이 마히루가 먼저 와서 준비한 것이리라.

원래 오믈렛을 만들어 주기로 약속했었으니 타이밍이 좋았지만, 앞으로는 아침 댓바람부터 닭살 행각을 벌이지 말아 주었으면 좋겠다.

"참 사이가 좋구나."

"사귀면 이 정도는 보통이잖아……."

"뭐, 그렇지만. 보통 연인 사이를 넘었으니까. 새색시 같지?"

태평하게 아마네를 보던 슈토가 말하자 주방에서 접시를 싱크대에 떨어뜨린 듯한 소리가 났다.

깨진 소리가 아니어서 다행이지만, 동요해서 떨어뜨린 것은 확실하겠지.

"어머, 마히루짱. 괜찮니?"

"아, 네. 접시도 안 깨졌어요. 떨어뜨려서 죄송합니다……."

"뭘 그러니~. 누구든 실수는 하는 법이야."

반쯤은 사람 때문에 발생한 사고지만. 아마네는 굳이 말하지 않고 자신을 보고 능글맞게 웃는 어머니, 시호코의 시선을 무시하기로 했다.

한 번 반응하면 더욱 놀린다. 지난 16년간 학습한 것이다.

시호코는 반응하지 않는 아들에게 슬쩍 불만스러운 기색이지만, 슈토의 온화하게 "너무 놀리지 마."라는 말을 순순히 따르니까 아마네로선 안심이다.

그렇게 잠시 있다가 아침밥이 식탁에 차려졌다.

"그래서? 어제 외출했을 때 무슨 일이 있었던 걸까?"

아마네를 위해서 오믈렛을 만든 마히루가 자리에 앉자 넷이서 하는 아침 식사가 시작되는데, 밥을 한 숟가락 입에 넣었을 때 시호코가 다짜고짜 직구로 물어보는 바람에 굳어 버렸다.

마히루와 보낸 밤에 관해서 물어볼 줄 알았는데, 그 계기가 된 사건을 눈치채고 물어본 것이다. 아마네로선 놀랄 수밖에 없다.

입에 밥을 물고 말할 순 없으니 일단 잘 씹어 삼키고 입을 연다.

"왜 그렇게 생각했어?"

"우리가 집에 왔더니 분위기가 달라졌잖니. 무슨 일이 있었니?"

"아들의 분위기가 달라지면 역시 눈치채지. 부모를 쉽게 봐서는 안 돼."

평소처럼 있었다고 생각했는데, 보아하니 부모님에게는 간파당한 거 같다.

다소 걱정스러운 눈빛이 쏠리지만, 아마네로선 이미 극복하면서 과거의 이야기가 되었으니까 걱정시킬 정도는 아니었다.

"별일 아니야. 산책하다가 토죠랑 마주쳐서 잠깐 이야기했어."

"아, 그렇게 된 거구나. 지금 분위기로 봐서는, 다 떨쳐낸 거 같구나."

"그렇지. 떨쳐냈다고 할까, 극복했다고 할까. 앞으론 신경 쓸 필요 없을 거야."

당시를 떠올리고 가슴이 쓰라릴 일은 이제 없다. 원흉이라고 해도 될 사람을 만나도 마음속은 고요하다.

그것이 옆에 있는 마히루 덕분임을, 이 화제가 나오면서 다시 실감했다.

"한층 성장했구나, 좋은 일이야."

이제 아무렇지도 않다는 것에 슈토는 안도하는 눈치다.

당시에는 부모님께 걱정을 많이 끼쳤으니까, 역시 지금도 걱정이었겠지. 고등학생 때는 어느 정도 회복했지만, 그래도 자꾸 불안했던 것 같다.

슈토가 안도하는 한편, 시호코는 '토죠'라는 이름을 듣고 미묘하게 어이가 없다는 기색이다.

"요새는 만날 기회가 전혀 없었지만, 토죠 씨네 아이는 여전한 것 같구나. 부모님은 아주 좋은 분인데. 아직도 반항기일까?"

본인의 성격이나 업무상 시호코는 인간관계가 쓸데없이 넓다. 아마네만 모를 뿐 아마 상상도 할 수 없는 데까지 인맥이 있을 것이다.

당연히 고향 주민들과도 교류가 있고, 토죠의 부모님과도 면식이 있었다.

아마네도 토죠의 부모님과 만난 적이 있는데, 표리가 없이 아주 좋은 사람들로 기억한다. 아들이 한 일로 사과받은 적도 있어서, 그 사람들은 나쁘게 생각한 적이 없었다.

"글쎄. 딱히 상관없어. 관심도 없고. 이젠 만날 일도 별로 없겠지?"

"그렇게 딱딱 구분하는 건 아마네의 좋은 점이구나⋯⋯. 만약 마음이 상했다면, 집에 오라고 하지 말걸 그랬다고 생각했을 테니."

반년에 한 번은 얼굴을 보여 주겠다고 약속했지만, 부모님도 걱정한 나머지 아마네에게 귀성을 재촉하는 것을 조금 망설였던 것 같다.

"내가 온다고 한 거니까⋯⋯. 게다가 결과적으로 만나길 잘했어. 다 털어냈으니까."

아마네로선 그때 토죠를 만나서 다행이라고 생각한다.

힘들어서 도저히 견딜 수 없는 일에서 도망치는 건 잘못이 아니다. 그렇게 해서 구원을 받는다면 도망치면 된다고 생각한다.

그래도 지금의 아마네에게 어제는 도망치지 않는 것이 옳았다.

도망친 일이 가슴속에 응어리로 계속 남는 것보다 정면으로 극복하고 양식으로 삼는 것이 좋다. 그리고 이겨냈기 때문에 아마네의 가슴속에서 흔들리지 않는 굳건한 심지가 생긴 것이다.

토죠를 비롯해 오랫동안 보지 못한 몇몇 사람들 덕분에 마히루를 만났으니까 오히려 감사해야 할 지경이다. 그들은 불쾌해할지도 모르지만, 지금의 아마네는 고맙게 생각한다.

걱정할 거 없다는 식으로 말하는 아마네에게, 시호코가 부드럽게 미소를 짓는다.

"자식은 성장하는 법이지. 그때는 부서질까 싶어서 걱정했었는데…… 이제는 걱정할 필요가 없을 것 같은걸."

"사랑은 사람을 강하게 만드니까."

"닭살 돋는 소리 하지 마, 아버지……."

"그런데 실제로 그렇지?"

"그건 그렇지만 말이야……."

마히루 덕분에 똑바로 일어설 수 있었고, 홀로 선 다음 서로를 지탱해 준다는 선택지가 생겼다.

이것을 사랑의 힘이라고 말하기는 부끄럽지만, 애정이 아마네를 움직이는 원동력이 된 것도 사실이다.

"하하, 아마네도 드디어 좋은 사람을 찾아서 기쁘구나. 우리 시호코 씨처럼 말이야."

"네……."

조용히 이야기를 듣던 마히루가 수줍은 듯 몸을 움츠리고, 슈토와 시호코가 흐뭇해하는 눈빛을 보내고 있다.

"마히루도 아마네를 의지하렴. 항상 아마네만 보살피니까 걱정이 돼."

"아, 아니요, 저는…… 항상 아마네 군을 의지하는걸요. 도움을 많이 받아요."

그건 아마네가 할 소리인데, 마히루는 진심으로 생각하는 듯 아마네를 보고 수줍어한다.

"그렇다면 다행이야……. 아마네 너도, 시이나 양이 헌신하는 데에 너무 기대지 말고. 서로 의지하면서 살아야 한다?"

"나도 알아. 쭉 곁에 있으니까 서로 의지하는 건 당연하잖아."

그런 소리를 듣지 않아도 마히루와는 앞으로도 서로 의지하며 살아갈 생각이다.

곁에 있는 사람에게 기대기만 하고 상대방의 부담을 생각하지 않는 사람은 되기 싫다.

그야 아마네는 마히루가 없으면 안 되는 사람이지만, 인간적으로 망가질 생각은 없다.

이번에 자기가 도움을 받은 것처럼, 마히루에게 힘든 일이 있으면 기대게 해 주고 손을 잡아 이끌어 주고 싶다.

그것이 함께 걷고 살아가는 것임을 부모님을 보면서 가슴에 강하게 새겼고, 아마네 자신도 그랬으면 좋겠다고 바랐다.

그 상대를 찾은 것은 아마네에게 가장 큰 행복일 것이다.

어설픈 각오로 곁을 걸으려는 게 아니라며 옆자리에 있는 마히루를 보니, 얼굴을 한껏 붉히고 몸을 떨고 있었다.

울려는 것처럼도 보이지만, 그보다는 부끄러워서 죽을 지경인 것에 가깝다.

아마네와 시선이 마주치는 순간 시선을 내리는 걸 보면 부끄러워서 도저히 견딜 수 없는 눈치다.

그래도 도망치게 둘 수는 없지. 테이블 밑에서 손을 잡았더니 충격을 흘리듯 몸을 흠칫한 다음 덩달아 손을 잡아 줬다.

"어머나. 벌써 귀엽네. 지금부터 일이 없으면 한껏 예뻐할 텐데."

그런 마히루의 모습을 바라보던 시호코가 함박웃음을 짓는다.

본인의 말대로 일이 없었다면 마히루를 예뻐했을 것이다.

"다들 얼른 일하러 가."

"그사이에 아마네 넌 애정 행각을 벌이시겠다?"

"그런데. 무슨 문제 있어?"

이제는 뭘 말해도 놀릴 것 같아서 당당하게 긍정하자 아마네의 손에 잡힌 마히루의 손이 떨리지만, 힘은 풀리지 않는다.

아마도 기쁜 거겠지.

이전의 아마네라면 완전히 부정할 테니까, 시호코는 솔직하게 인정한 것에 놀라더니 기쁜 듯 웃었다.

"뻔뻔해졌구나."

"시끄러워."

"좋은 일이야. 아마네에게도 봄이 왔는걸."

"벌써 여름철 정도로 뜨거울지도 모르겠는데."

"1년 내내 여름인 분들에게 그런 소리는 듣고 싶지 않네요."

"그런 우리 사이에서 태어난 너도 1년 내내 여름일걸?"

아마네는 참으로 즐거운지 축복하듯 미소를 띤 시호코에게 떫은 표정을 지었다. 그래도 마히루가 싫은 눈치는 아니라서 그냥 되었다며 포기하고 고개를 획 돌렸다.

아마네의 부모님이 일하러 나가서, 아마네와 마히루는 일단 아마네의 침대에 나란히 앉게 되었다.

장소 탓이겠지만, 평소와 같은 거리인데도 마히루가 미묘하

© Hanekoto

게 어색한 기색으로 유난히 아마네를 의식하고 있음을 알 수 있었다.

힐끔힐끔 아마네를 보다가 시선이 마주치면 뺨을 슬며시 붉게 물들이니까, 아마네도 미묘하게 낯간지러운 기분이 들었다.

"저, 저기. 애정 행각을 벌이겠다고 했는데요."

잠시 시선을 마주쳤다가 돌렸다가 하는 행위를 반복한 뒤, 마히루가 조심스럽게 묻는다.

아무래도 '애정 행각'이라는 말이 신경 쓰였던 듯, 입에 올린 뒤 뺨이 더욱 빨개진다.

"어? 아, 우리 부모님한테는 그렇게 말하면 괜히 더 캐묻지 않으니까. 부정했다간 더 놀림당할 게 뻔하고."

"그, 그건 그럴지도 모르지만요……. 즉, 실제로는 그러지 않겠다는 뜻인가요……?"

"아니. 그게, 나로서는 그러고 싶은데."

부모님이 한 말을 대충 얼버무리려고 긍정한 거지만, 아마네의 기분상으로는 마히루만 허락한다면 마음껏 '애정 행각'을 벌이고 싶다.

나도 참 너무 노골적인가 싶어서 자조하듯 내뱉은 말에 마히루는 "네……."라고 나지막하게 끄덕인다.

고개를 끄덕이면서도 서서히 몸을 움츠리고 부끄러워하는 행동을 보이니까, 아마네는 '의식하고 있구나.' 하고 쓴웃음을 짓고 말았다.

"싫으면 됐어."

"그럴 리가 없어요. 제가 싫어할 리가 없잖아요. 아마네 군이라면, 저기, 어떤 식으로든…… 오붓하게 지낼 거예요."

"그렇구나."

"하지만, 그게…… 구체적으로 어떻게 하면 되죠?"

마히루가 한 말에 침묵이 찾아온다.

전에도 이런 대화를 했었다고 생각하면서, 이번에도 어떻게 대답해야 할지 몰라서 잠시 입을 어물거린다.

"키스라거나……?"

"키스라거나?"

"키스 같은 거?"

"키스밖에 없잖아요."

"아니, 구체적으로 말하라고 해도 말이지. 껴안거나 손을 잡거나 하는 건…… 항상 하니까 말이야."

사귀기 전부터 지금까지 비교적 의식하지 않고 애정 행각을 벌였다고 할까. 서로 허물없이 지내다 보니, 막상 의식해서 그러려고 해도 구체적으로 어떻게 해야 할지 모르겠다.

몸을 밀착하는 것도 애정 행각일 테고, 키스도 그런 범주일 텐데. 그것만으로 괜찮은 건지 잘 모르겠다.

그보다 더한 행위는 도저히 부모님 댁에서 할 짓이 아니다. 마히루를 소중히 여기고 싶은 아마네로선 한순간의 충동으로 망친 마음은 없었다.

"더 오붓하게 지내려면 어떻게 해야 할까요?"

"일단 가까이 붙지 않을래?"

새로운 것은 아니지만 마음이 편안하면서 가슴이 뛰는 행위를 아마네가 제안하자, 마히루가 나지막하게 "네⋯⋯."라고 긍정했다.

마히루가 직접 기대려고 머뭇거리면서 몸을 기댄다. 아마네는 그것을 받아들이려고 손을 뻗고⋯⋯ 그대로 마히루의 무릎 뒤쪽과 등을 감싸서 들어 올렸다.

"꺄악." 하고 튀어나오는 귀여운 목소리에 흐뭇함을 느끼며, 아마네는 마히루를 침대 위에서 책상다리로 앉은 다리 사이로 이동시킨다.

"나는 이게 더 좋아."

"네⋯⋯."

"싫어?"

가뜩이나 가냘픈 몸을 움츠리고 있는 마히루에게 물어보자 천천히 고개를 흔들었다.

"그, 그렇지 않아요. 단지⋯⋯ 그게, 이러고 있으면, 아마네 군에게 감싸인 것 같아서⋯⋯."

"정말로 감싸 줄까?"

귀엽게 말한 마히루를 감싸듯 팔을 앞으로 돌려 꼭 끌어안자 금방 얼굴을 새빨갛게 붉히고 살짝 울상을 짓는 눈으로 아마네를 본다.

아마네가 할 소리는 아니지만, 마히루는 은근히 수줍음을 잘 타서 사소한 일로도 뺨을 물들이니까 귀엽다.

사귄 지 두 달 정도 되었는데도 아직 스킨십에 익숙하지 않으니까. 얼마나 순진한지 헤아릴 수 있을 것이다.

다만 그것은 아마네도 마찬가지다. 얼굴에는 드러내지 않지만, 심장 고동이 가라앉지 않는다.

지금 마히루가 귀를 가슴에 붙이고 소리를 들으면 두근거리고 있음을 금방 알 수 있으리라.

태연한 척하는 주제에 이토록 동요한 걸 들키면 부끄러울 테니까, 소리가 들리지 않기를 빌며 마히루의 뒤통수에 입술을 닿게 한다.

닿은 느낌은 별로 없을 텐데도 마히루가 몸을 흠칫 떠니까, 어지간히 긴장했나 보다.

"별거 아니야. 끌어안기만 했는데."

"아, 알아요……. 가슴이 두근거리지만 기뻐요. 아마네 군이 꼭 안아 주는 거, 좋아해요."

"그래? 원한다면 얼마든지 해 줄게."

아마네가 호리호리한 몸을 끌어안으며 귓가에 속삭이자 마히루가 알아보기 쉽게 몸을 흔든다.

귀가 약점이었지. 작게 웃으며 후…… 하고 숨을 불었더니 마히루가 더욱 몸을 흔들며 힘차게 돌아봤다. 눈이 눈물로 살짝 젖어 있어서 조금 지나친 감을 부정할 수 없다.

"아마네 군……."

"미안해. 나도 모르게 그만."

"사, 사람이 간지러움을 못 참는다고 해서……."

너무하다며 불만스러운 눈빛으로 입술을 삐죽거리는 마히루.

"얼마 전에 들은 아마네 군의 어린 시절 이야기를 할 거예요."

"어이쿠. 그러면 곤란한데."

귓가에서 그런 소리를 속삭이면 창피해서 죽을 것 같으니까 너무 놀리지 않도록 조심하면서 마히루를 손으로 만져 나간다.

어디까지 만져야 할지, 어떻게 만져야 할지 모르니까 무난하게 손을 어루만지다가 잡기도 하고, 뒤통수에 입을 맞춰 보기도 하지만, 역시 부족한 느낌이 든다.

이렇게 있는 것만으로도 만족을 느끼면서도, 반대로 부족하다고 호소하는 자신이 있다. 지금은 제어가 되지만, 언제 날뛸지 몰라서 솔직히 조금 조마조마했다.

마히루를 더 만지고 싶다. 부드러움을 맛보고 싶다.

그렇게 생각하지만, 이성적으로는 이런 스킨십밖에 할 수 없으니까 역시 조심스럽게 만지는 것이 한계다.

한편으로 마히루는, 이래도 부끄러운지 귀를 빨갛게 하고 가만히 있었다.

(정말이지, 귀여운걸.)

예전엔 마히루가 스킨십을 자주 했었는데 최근에는 쑥스러워하기 시작했다. 예전에는 아마네가 더 동요했었으면서 형세가 역전된 것 같아서 어색하다.

조심스럽게 손을 잡고 자신의 욕망을 속이고 있는 아마네의 손을 마히루가 붙잡았다.

"아마네 군의 손은 참 크네요……."

"응? 그야 키만큼은 크겠지."

키가 커서 그만큼 신체 부위도 전체적으로 큰 편이다. 발 사이즈도 비교적 크고, 손바닥도 그럭저럭 크다. 마히루의 손바닥보다 훨씬 크니까 손을 잡으면 마히루의 작은 손이 두드러질 정도다.

"아마네 군의 손, 좋아해요……. 아마네 군이 만지는 게 좋아요."

"자꾸 그러면 더 만지는 수가 있어."

위험한 뉘앙스로 말하면 이성이 일을 포기할 것 같으므로 자중해 주길 바라지만, 마히루는 아마네가 생각하는 듯한 의도는 없는 듯 "그래도 딱히 상관없는데요……."라고 작게 중얼거렸다.

그렇게 방심하면 아마네로선 매우 곤란하다.

남자의 고삐를 풀지도 모르는 소리를 귀엽게 하는 마히루에게 살짝 한숨을 쉬고, 그 배에 손을 댄다.

간지러운 듯이 몸을 뒤트는 마히루를 아랑곳하지 않고, 배꼽 아래 근처에 닿은 손끝을 천천히 쓸어 올린다.

슥. 답답한 속도로 만지면서 산비탈에 걸리기 직전에 손가락을 멈춘다.

"마히루가 하는 말을 순순히 받아들이면, 이대로 올라가도 된다는 뜻인데?"

아직 등반하지 않았지만, 쉽게 산에 올라가 정복할 수도 있다.

아무튼 아마네의 손바닥은 마히루의 말대로 크니까 경사가 심한 산등성이마저 감쌀 수 있을 것이다.

"올라가도 되겠습니까?"라고 노골적으로 말했더니 마히루가 아마네의 품에서 김을 낼 것처럼 새빨갛게 익었다.

뒤돌아본 마히루의 뺨이 삶은 문어처럼 빨갛지만, 아마네는 아랑곳하지 않고 웃었다. 웃는 것으로 그치지 않고 볼에 키스도 날린다.

"애정 행각에는 이런 것도 있거든."

"으…… 아, 아마네 군……."

"내가 애정 행각을 어떻게 해야 할지 모르겠다는 건, 이런 식으로 만지는 걸 제외했기 때문인데."

아마네는 역시 두 달 남짓 교제한 커플이 이런 식으로 접촉해도 괜찮을까 싶어서 자제하고 있었다. 마히루의 의사를 존중할 생각이었다.

하지만 마히루가 무의식적으로 그런 말을 하니까 경고를 위해서라도 한 번쯤은 말해야 했다.

"나도 남자니까 조심하라고, 예전에도 말했잖아. 정말로 만진다."

"으……. 그런데 아마네 군도 얼굴이 빨갛거든요. 할 수 있나요?"

"시끄러워."

아마네도 자기 얼굴이 빨간 건 안다. 부끄러운 소리를 하는 것도 잘 알았다.

다만 말하지 않으면 알아주지 않을 것 같아 말할 수밖에 없다.

아마네의 말을 들은 마히루는 잠시 침묵한 뒤 여유롭게 구속을 풀었다.

거부당했음을 깨닫고 쓸쓸한 미소를 지으려던 아마네를, 마히루는 온몸으로 뒤돌아보며 끌어안았다.

마히루가 꼭 달라붙자 부드러운 감촉과 달콤한 향기가 강하게 느껴진다.

"아마네 군이, 정말로 만지고 싶다면…… 부끄러워도, 받아들일, 거예요."

작고 가냘픈 목소리로 중얼거리며 올려다보는 마히루를 보고, 아마네는 딱딱하게 굳었다. 굳을 수밖에 없었다.

귀엽고 기특한 소리를 하며 쳐다보는 마히루의 표정을 보는 바람에 머릿속이 하얘졌다고 해도 좋다.

부끄러움과 불안과 아주 조금의 기대를 섞고서, 신뢰하는 눈치로 바라보며 몸을 기대는 마히루. 정말로 아마네라면 어떤 행위든 받아주리라.

그만큼 아마네를 좋아하는 것은 표정이나 분위기에서도 전해진다.

만일 지금 아마네가 덮쳐도, 마히루는 부끄러워하면서 받아들일 것이다. 그만큼의 신뢰와 호의가 있음을 표정과 태도와 목소리로 주장했다.

모든 것을 맡기듯 몸을 기대는 마히루를 보고 뒤늦게 아마네의 머릿속이, 몸이 움직였다.

가장 먼저 한 일은, 마히루에게 입을 맞추는 것이었다.

"응." 하고 목을 작게 울리는 소리가 너무 가깝게 들린다.

아마네 자신보다 부드럽고 촉촉한 입술의 감촉을 맛보면서, 가녀린 몸을 끌어안고 몸으로 부드러움을 느낀다.

손바닥으로 만지지 않고도 몸의 굴곡을 약간이나마 느끼고 슬그머니 손을 치웠다.

뺨을 연지색으로 물들인 마히루가 입을 뻐끔뻐끔 움직이는 것을 보면서 목덜미에 얼굴을 묻는다.

"참는 게 나아."

분명 제동을 걸 수 없을 테니까. 그렇게 말을 덧붙이고 마히루의 뽀얀 목에 입을 맞춘다.

흔적을 남기면 안 되니까 어디까지나 입을 맞추는 정도로 그치면서, 끓어오른 욕망을 필사적으로 집어삼킬 때까지 얼굴을 들지 않기로 결심했다.

"어머, 마히루짱. 얼굴이 빨간데 무슨 일이니?"

"아, 아무 일도 아니에요……."

직종도 일터도 다르면서 나란히 일을 마치고 돌아온 아마네의 부모님이 마히루를 보고 신기한 듯 고개를 갸웃거린다.

마히루는 거실 소파에 앉아 얼굴을 붉히고 있었다. 이유는 아마네가 시도 때도 없이 키스하거나 손을 잡았기 때문이리라.

끝까지 덮치지는 않았지만, 마히루로서는 견디기 어려운 일이었는지도 모른다. 기쁜 듯 부끄러운 듯한 기색이어서, 굳이 따지자면 기쁜 눈치라고 믿고 싶지만.

"아마네, 너 혹시?"

"맹세코 손대진 않았어."

그냥 껴안거나 가벼운 스킨십을 한 정도다. 마히루가 과열된 것은 결국 마히루 자신이 순진하기 때문이다.

아마네도 남 말할 처지는 아니지만, 회복이 빨라서 지금은 평정심을 되찾았다.

"손 '은' 대지 않았다는 거네. 애정 행각을 벌인다고 했으니까."

"건전하게 지냈어. 이걸로 문제없지?"

"완전히 뻔뻔해졌구나."

"시끄러워."

"아마네 혼자 치사하구나. 나도 마히루랑 놀고 싶은데."

"마히루는 내 거니까, 싫어."

"어머머, 얘 좀 봐."

시호코에게 한 번 마히루를 넘겼다간 한동안 계속 귀여워해서 아마네도 답답하고, 마히루도 기쁘지만 피곤하겠지. 그러니 마히루를 시호코가 독점하는 건 달갑지 않다.

마히루는 "내 거……."라고 작게 곱씹으며 또 뺨을 붉히는데, 그런 모습이 시호코의 웃음을 더욱 짙게 만들고 있었다.

하얀 볼을 계속해서 붉게 물들이는 마히루를 바라보며 의미심장하게 웃는 시호코를 무시했더니 이야기를 듣던 슈토도 싱글벙글 웃는다.

"그럼 가족끼리 사이좋게 지내는 건 어떨까?"

"어?"

"왜, 다 같이 외출하고 싶다고 시이나 양이 말했었지?"

부모님께는 마히루가 다 같이 외출하고 싶다는 뜻을 전하긴 했지만, 지금 화제로 나올 줄은 몰랐다는 듯 캐러멜색 눈이 연신 깜빡인다.

"다음 휴일에도 아마네와 시이나 양이 있으니까, 외출할까?"

"그래! 모처럼 왔으니까 다 같이 외출하고 싶은걸! 싫니……?"

"그, 그렇지 않아요!"

"그럼 정해졌구나. 후후, 어딜 갈까?"

흥겨운 투로 "어디가 좋을까?"라고 슈토와 오붓하게 이야기하는 시호코에게, 마히루는 황송하다는 듯이 몸을 움츠리고 있다.

자신이 원한 일이라고는 해도 정말로 함께 외출하는 것에 미안함을 느낀 것이리라.

(우리 부모님은 마히루를 좋아해서 같이 외출하자고 말하는 건데 말이지…….)

아마네가 건의한다 해서, 부모님이 본인들이 좋아하지 않는 사람과 지내려고 할 리가 없다.

애당초 이 집에 들인 시점에 무척 마음에 들었다는 뜻이고, 부모님이 먼저 같이 외출하자고 한 것이니까 걱정해도 의미가 없다.

"각오해. 우리 부모님은 이리저리 끌고 다닐걸."

"아뇨. 고맙고 기뻐요. 이런 식으로 다 같이 외출하는 일도 없었으니까요……."

어린 시절을 떠올렸는지 쓸쓸함이 어렴풋이 드러나 기운 없는 약한 미소를 지으며 시선을 내리는 마히루. 그러자 시호코는 변함없이 웃는 얼굴로 그대로 소파에 앉은 마히루 옆자리, 다시 말해 아마네의 맞은편에 앉았다.

그리고 그대로 마히루를 껴안고 머리를 쓰다듬는다.

"마히루는 이미 우리 가족이니까, 마음껏 어리광을 부려도 된단다?"

"오히려 아들보다 예뻐하니까."

"어머, 질투하는 거니?"

"아니, 마히루가 좋아하니까 별로."

시호코에게 꼭 안겨서 귀여움을 받는 마히루는 조금 전에 보였던 분위기를 감추고 수줍어하는 표정을 짓고 있다.

이건 솔직하지 못한 마히루가 기뻐하고 있다는 증거이다.

마히루 본인도 기뻐하는 눈치고, 나아가 장차 가족이 되기를 바라는 아마네도 마히루가 부모님 마음에 드는 것은 대환영이다.

다소 스킨십이 심한 점은 마음이 복잡하지만.

"어른이 되었구나."

"사람 놀리는 거야?"

"아니, 그렇지 않거든? 좋아하는 사람의 행복을 바랄 수 있는 남자로 키워서 다행이라고 생각했을 뿐이란다."

"무슨 당연한 소리를……."

"후후, 그런 사람은 적은 법이야. 역시 우리 아이구나."

"네, 그러십니까요."

좋아하는 사람의 행복을 싫어하는 사람은 없겠지. 해맑게 웃는 게 제일이다.

기왕이면 그 행복을 주는 사람이 아마네 자신이고 싶을 뿐이다.

쓰다듬는 시호코가 쑥스러운 듯 몸을 움츠리는 마히루를 바라보며, 아마네는 천천히 미소를 지었다.

▨ 제2화 ▨　　홀딱 젖어도 이득

"아마네 군, 어디 가요?"

현관에서 신발을 신고 있을 때, 아마네가 외출 준비를 한다는 것을 알아차린 마히루가 말을 걸었다.

벌써 오후 3시도 넘어서 외출하기엔 좀 늦은 시간이라 말을 걸었을 것이다.

"응? 어. 동네 슈퍼에. 어머니가 잠깐 장을 봐 달라고 했거든."

아마네라고 나가고 싶어서 나가는 건 아니다.

방금 아마네의 스마트폰으로 메시지가 도착했다. 오늘은 부모님 모두 집에 늦게 들어가서 시간이 없으니 필요한 것을 사 두라고 말이다.

한가하니까 딱히 상관없지만, 그런 건 아침에 말해 주었으면 한다.

아마네의 말을 듣고 이해한 눈치인 마히루가 "그렇군요."라고 대답하고, 운동화 끈을 매는 아마네 옆에서 무릎을 꿇었다.

머리가 뻗쳤는지 부지런히 손으로 만져 주는 것임을 현관 벽에 있는 거울과 감각으로 알 수 있었다.

"장을 보러 간다면 저도 갈까요?"

"아니야. 짐은 적고, 날씨도 우중충하고, 좀 서둘러야 하니까. 대단한 일도 아니니 혼자 가도 괜찮아."

날씨를 봐서는 밖에서 너무 느긋하게 돌아다녔다간 비가 쏟아질 것 같고, 아무리 해가 가렸다고는 해도 이렇게 더운 날씨에 마히루를 데리고 다니긴 싫다.

어차피 살 것만 다 사면 바로 귀가할 테니까 혼자 가는 것이 빠르다고 거절한 건데, 마히루가 "그래요……?"라며 낙심한 모습을 보이는 바람에 아마네는 황급히 마히루를 올려다봤다.

"아, 아니 같이 가기 싫다는 뜻이 아니라."

"아, 알아요. 그냥 같이 외출하고 싶었거든요."

"다음에 또 데이트하러 갈 거니까. 알았지?"

둘이서 또 외출할 작정이고, 애초에 여자는 집 밖으로 나설 때 공을 들여 준비할 필요가 있다고 하니까 지금 바로 나갈 수 있는 것은 아니겠지.

손을 살짝 뻗어 머리를 마구 쓰다듬자, 마히루는 가볍게 눈을 감은 뒤 작게 미소를 지으며 "네."라고 고개를 끄덕였다.

"그러면 돌아오길 기다릴게요."

"오케이."

마히루가 이해해 준 것 같아서 아마네도 가볍게 고개를 끄덕이고 가방을 챙겨서 현관을 나섰다.

결과적으로, 아마네는 마히루를 데려가지 않길 잘했다고 통감했다.

"하아……. 역시 쏟아지네."

구름 낀 하늘이 심상치 않다고는 생각했지만, 아니나 다를까. 하늘에서 빗방울이 뚝뚝 떨어지면서 아마네의 옷을 적셔 집을 나섰을 적보다 어둡고 무겁게 만들었다.

젖어서 몸에 달라붙는 옷이 거추장스러워서, 손으로 집어 공기를 살짝 넣는다.

다행히 산 물건은 젖어도 문제가 없게 비닐로 포장해서 피해를 본 건 아마네뿐이었지만, 집에 도착할 무렵에는 완전히 물에 빠진 생쥐 꼴이 되었다.

이마를 따라 내려와서 시야를 가리려는 앞머리를 슬쩍 걷어내고 현관으로 들어서자 옷에 뚝뚝 떨어진 물이 현관 바닥을 적신다. 옷을 짜고 들어갈 걸 그랬다고 후회해도 이미 늦었다.

"다녀왔어요, 아마네 군? 비가 많이 오네요."

한숨을 쉬는 순간, 타박타박 슬리퍼 소리를 내며 잰걸음으로 현관으로 나온 마히루가 아마네를 보고 눈을 동그랗게 떴다.

설마 이토록 심하게 젖었을 줄은 몰랐겠지. 작은 수건을 손에 들고 있는데, 이만큼 흠뻑 젖어서는 조금 부족해 보인다.

아마네도 설마 빗발이 이렇게 거세질 줄은 몰랐다.

"다녀왔어. 아마 소나기일 테지만, 예상했던 것보다 심한걸."

"집에 올 때까지 날씨가 그대로였으면 좋았을 텐데……. 아무튼 한번 목욕하는 게 좋아요. 미리 준비했으니까요."

"응, 고마워."

아마네의 손에서 당연하다는 듯 자연스럽게 슈퍼마켓의 봉투를 받고 작은 수건을 건네며 미소를 짓는 마히루를 보니 마음이 훈훈해진다.

마음이 평화롭다고 할까, 아니면 행복이 느껴진다고 할까. 이렇게 당연하다는 듯이 말을 주고받는 것에서 가족 같은 분위기를 느끼고 낯간지러운 기분이 든다.

"왠지 좋은걸……?"

"네?"

"목욕물도 미리 받아서 이렇게 맞이해 주니까 좋다는 말이야."

부모님은 맞벌이라 이런 상황을 보여 주는 일이 별로 없지만, 만화나 드라마에서 흔히 보는 상황이라서 은근히 부러웠다.

가정이 있는 행복을 간접적으로 체험할 수 있어서 괜히 낯부끄럽기도 하고, 한편으로는 봄날의 햇볕 같은 따스함이 가슴에 스며든다.

평생 소중히 여기고 싶은 상대와의 대화니까 이토록 말로 표현할 수 없는 행복을 느끼는 것이리라.

아마네는 뺨을 살짝 붉히고 허둥대면서 움츠러든 마히루에게 슬쩍 웃으며 "고마워. 목욕하고 올게."라고 말하고, 옆을 빠져나갔다.

참 어울리지도 않는 소리를 한 걸지도 모른다. 그렇게 생각하면서도 뺨이 기분 좋게 풀리는 것을 막을 수 없었다.

아마네가 목욕을 마치고 나오자 마히루가 거실 소파에 다소곳이 앉아 대기하고 있었다. 손에는 드라이어가 있다.

세면대에도 드라이어는 있지만, 아마네가 머리를 말리지 않고 나올 것을 내다보고 준비하는 용의주도함을 보인 것 같다.

간파당했다는 사실이 부끄러우면서도, 마히루가 자신을 잘 파악하고 있다는 게 기쁘다.

냉방을 틀어 기분 좋게 서늘해진 공기로 부끄러움을 식히면서 마히루에게 슬며시 다가갔다.

"목욕한 다음 냉방은 참 끝내주는걸."

"시원하지만, 목욕한 뒤에는 몸이 너무 식어서 감기에 걸릴 수 있는 것이 단점이네요……. 여기요. 앉으세요."

"난 괜찮은데."

"방치하면 감기에 걸릴지도 모르고 머리도 상하니까요."

군소리 말고 앉으라고 해서 얌전히 옆에 앉았더니, 마히루는 자리를 바꾸듯 일어나 소파 뒤로 가서 드라이어의 전원을 꽂았다.

그대로 아마네의 뒤에 서서 수건으로 물기를 닦는데, 역시 조금 간지럽다. 몸의 감각보다는 정신적으로.

"아마네 군은 이렇게 한심한 부분을 고치지 못하네요. 가끔은 목욕하고서 아무것도 안 걸치고 나오기도 하고."

"날씨가 덥고…… 겨울엔 잘 입으니까."

"추우니까 당연히 그런 거죠. 하지만 덥다고 해서 윗도리를 입지 않으면 체온이 떨어져서 감기에 걸리는 원인이 되니까 안 돼요. 제 눈에서 검은 물이 다 빠지기 전까지는 용납하지 않을 거예요."

'마히루의 눈은 캐러멜색인데.'라거나, '평생 곁에 있어 줄 생각이구나.' 같은 속마음은 꾹 삼키고, 아마네는 순순히 "조심하겠습니다."라는 말로만 대꾸하고 마히루가 하는 대로 내버려 두었다.

이러니저러니 해도 마히루가 자신을 돌봐 주면 마음이 편안하다.

미안한 마음도 있지만 이렇게 수건으로 물기를 닦아 주니까 기분이 좋았다.

꼼꼼하게 손을 움직여 물기를 얼추 닦아낸 마히루는 단단히 준비한 드라이어로 아마네의 머리를 따스한 바람에 노출시킨다.

평소 머리를 잘 관리하는 마히루의 손놀림은 농담이 아니라 정말 개운했다.

남이 자기 머리를 만지는 것을 별로 좋아하지 않는 아마네다. 남이 머리를 말려 주는 걸 기분 좋게 느낀 건 마히루가 처음이다.

원래부터 마히루가 머리를 만지는 건 좋았으니까 단순히 만지는 사람을 가리는 걸지도 모르지만.

"아마네 군은 꼼꼼하게 관리하지 않는 것 같은데도 이렇게 결이 고우니까 치사해요."

드라이어 소리에 묻혀 작게 중얼거리는 소리가 들렸다.

"그래? 뭐, 마히루만큼 정성스럽게 관리하지는 않지만. 보통 수준이야."

"원래부터 머릿결이 좋은 거겠죠. 아마네 군의 부모님도 머리카락이 고우시니까요."

"그야 두 분은 나보다 겉모습에 더 신경을 쓰는 거지만. 마히루도 고생해서 관리하는 만큼 부드럽고 윤기가 있는걸."

비단처럼 윤기가 흐르고 손에서 스르륵 빠져나가는 머리카락은 얼핏 봐도 관리에 정성이 많이 들어갈 것 같다.

아마네도 자주 만지니까 알 수 있지만, 마히루의 황갈색 머리카락은 곧고 부드럽고 가늘어서 촉감이 정말 좋다. 머리카락이 가늘면 아무래도 엉키기 쉽지만, 의식하고 관리한 덕분에 그런 일도 없이 아름답게 쭉 내려오는 머리는 곱슬머리 사람들이 정말 부러워하리라.

갈라진 머리카락도 없이 천사의 고리와도 같은 윤기를 완비한 머리, 큐티클 상태가 고운 스트레이트 헤어는 누구나 부러워할 만큼 아름답다. 긴데도 용케 윤기를 유지하고 있구나 싶어서 감탄을 금할 수 없다.

"머리가 길어서 시간이 걸리는 게 단점이지만요."

"그야 그렇게 길면 시간도 걸리겠지."

"손질하는 동안 다른 일을 하거나 생각을 하지만, 손이 많이 드는 것은 사실이네요. 차라리 자르고 싶은 생각이 들기도 해요. 아마네 군은…… 짧은 머리와 긴 머리 중에서 어느 게 더 좋아요?"

"딱히 취향은 없다고 할까…… 둘 다 귀여울 것 같은데. 마히루가 멋을 내고 즐거워하는 모습을 보는 걸 좋아하니까, 마히루가 좋아하는 길로 있어 주면 좋겠어."

애초에 여자가 남자를 위해서 외모를 가꾼다고 단정할 순 없다. 그리고 머리도 좋아서 기르는 사람이 많다.

만일 아마네의 한마디에 마히루의 헤어스타일이 바뀐다면 자신의 취향에 맞추려고 해 주어서 기쁜 한편, 마음이 복잡해진

ⓒ Hanekoto

다. 아마네 혼자의 의견으로 마히루가 노력한 결과를 없애 버린다는 것은 반갑지 않다.

아마네는 마히루가 마음껏 멋을 내는 모습을 보고 싶고, 머리 길이가 어떻든 귀여울 테니 본인이 원하는 대로 했으면 좋겠다.

마히루가 좋아서 하는 일을 아마네의 말로 바꾸고 싶진 않다.

"그래요……?"

"그러면 말인데. 마히루는 내가 어떤 헤어스타일이면 좋겠어?"

"아마네 군이라면 어떤 모양이라도 좋아해요."

"그렇지? 그런 거야."

"네……."

뒤돌아보진 않았지만, 뒤에서 수줍은 기색과 웃음소리가 났다. 답변은 틀리지 않았던 것 같다.

기쁜 기색으로 아마네의 머리를 말리던 마히루가 문득 머리카락을 어루만지듯 움직이던 손을 멈춘다.

"어떤 모양이라도 좋아하지만요……."

"응?"

"젖은 머리를 쓸어올린 아마네 군은 무척."

"무척?"

"섹시하다고 할까…… 멋있다고, 생각했어요."

어떤 것을 원한다고 말한 게 아니라 단순히 감상을 흘렸을 뿐인데, 마히루가 중얼거린 말을 들은 아마네는 입술을 움직여 빙그레 웃었다.

"할까?"

"돼, 됐어요! 죽을 거예요."

농담처럼 제안했더니 고개를 붕붕 젓는 듯 아마네의 머리에 닿은 손에도 진동이 전해진다.

지금쯤 마히루의 뺨은 붉은빛을 띠고 있겠지.

아마네가 그 표정을 확인하려고 하자 보이고 싶지 않은 듯 마히루가 손으로 머리를 붙잡았다. 강한 의지가 느껴진다.

(마히루도 참 약점이 많단 말이지.)

특히 남녀를 의식하게 되는 행동에 정말 약하다. 아마네는 딱히 의도가 있어서 그런 건 아니지만, 마히루는 익숙하지 않은 듯 사소한 일로 부끄러워하고 몸을 움츠리고 만다.

"나는 딱히 섹시하지 않다고 생각하는데……."

"거울 가져올까요?"

"아까 세면대에서 막 보고 왔는데."

"아마네 군은 몰라요."

"좋아하는 사람이니까 뭐든 좋게 보이는 거 아니야?"

"저, 전혀 그렇지 않다고는 말할 수 없겠지만, 아마네 군은…… 저기, 이렇게 목욕한 다음에는 긴장감이 없어서, 겉으로 드러나니까 좋지 않아요."

마히루가 머리를 말리던 드라이어의 온풍을 멈추고 작게 중얼거리자 아마네는 조용히 쓴웃음을 지었다.

눈에 콩깍지가 씌었다고 할 정도는 아니어도, 역시 좋아하는 사람이니까 더 좋게 보이는 것뿐이겠지. 하지만 마히루가 그렇게 생각한 것 자체는 기쁘다.

너무 괴롭히면 마히루가 삶은 문어처럼 빨개질 테니까 더 추궁하지 말고 어깨를 움츠리는 것으로 그쳤다.

"뭐, 나도 목욕하고 나온 마히루가 귀엽게 올려다보거나 하면 주저앉을 자신이 있으니 이러쿵저러쿵 말할 처지는 아니지만 말이야."

"요 며칠은 매일 목욕하고 나서 보고 있을 텐데요."

"되도록 직시하지 않으려고 하는데?"

아마네의 부모님 댁에서 함께 지내니까 당연히 순서를 정해서 목욕하고, 서로 목욕을 마친 모습이나 잠옷 차림도 보게 된다.

똑바로 봤다간 순진한 마히루에게 매우 바람직하지 못한 반응을 보일 수 있으니까, 아마네로선 의식하지 않으려고 애쓰고 있다. 하지만 도저히 못 참고 욕구가 고개를 들 때도 있는 것이다.

그것을 숨기려고 노력한 덕분에 마히루가 눈치챈 기색은 없지만, 너무 적극적으로 나오면 어쩔 수 없을 수도 있다.

"그렇군요. 좋은 걸 배웠어요."

"야, 왜 실천으로 옮기려고 그러는데?"

"저만 두근거리면 치사하기 때문인데요."

심장에 해로운 짓을 하려는 마히루는 미처 생각하지 못할 테지. 아마네가 두근거린 결과 마히루의 심장에도 해로운 일이 벌어질 것을 전혀 모른다.

이게 마히루의 좋은 점이기도 하고 나쁜 점이기도 하리라. 아마네의 선량함을, 이성을 너무 신용하는 것이다.

"해도 상관없지만, 나는 방에 틀어박혀야지."

"그건 치사해요."

"안 치사해."

"치사해요. 저도 아마네 군을 밀어붙일 권리를 갖고 싶어요."

"안 돼. 지금까지 자각 없이 실컷 저질렀으니까, 알았으면 좀 자제해 주시죠."

뒤돌아보고 혼내도 마히루가 받아들인 기색은 없다.

마히루는 절대로 상식을 벗어난 행동을 하지 않겠지만, 사귀는 남녀인 이상 자연스럽게 방심할 때가 있다. 역시 아마네가 조심해서 뭔가 저지를 틈을 만들지 않는 것이 중요할 것이다.

눈을 살짝 흘기는 마히루에게, 아마네는 똑바로 시선을 돌렸다.

윤기가 나는 캐러멜색 눈동자는 아마네의 시선을 받을 때마다 점점 일렁인다. 그것이 흘러넘칠 것처럼 눈이 촉촉해지는 것도 알 수 있다.

하얀 도자기에 색을 입히듯 드러나는 불그스름한 기운이 점점 진해지지만, 아마네가 아랑곳하지 않고 계속 쳐다보자 더는 버티지 못하게 된 마히루가 먼저 시선을 돌렸다.

"제, 제가 아마네 군이 쳐다보는 것에 약한 걸 알고 그러는 거죠?"

"응, 알아. 안 돼……. 알았지?"

마지막에는 얼굴을 가까이 대고 숨을 불어넣듯 속삭이자, 마히루는 "으학?!" 하고 참으로 귀여운 비명을 지르며 한 발짝 물러섰다.

손에 들고 있던 드라이어가 떨어질 것 같아서 슬그머니 손에서 빼앗자, 마히루가 입술을 와들와들 떨며 믿을 수 없다는 얼굴로 아마네를 쳐다보았다.

본인의 의식으로는 째려보는 것이겠지만, 하나도 안 무서우니까 주시하는 정도로만 보인다.

"······그, 그렇게 말하면 말을 듣는다고 생각하는 거죠?"

"당연히 그렇고, 내가 이렇게 타이를 때는 진지하게 이야기하는 거라고 마히루도 잘 이해하고 있지?"

"으, 그, 그건 그렇지만요."

"어쨌든 안 됩니다."

더는 양보하지 않겠다며, 이번에는 마히루를 놀리거나 동요시킬 마음 없이 진지하게 바라봤다. 그러자 이것만큼은 아마네가 허락하지 않는다고 판단한 듯, 마히루도 "알았어요."라고 대답했다.

이것으로 아마네도 한동안 자신의 이성에 휴가를 줄 수 있다고 안도한 것도 잠시, 마히루는 "저도 아마네 군의 약점을 찾아야겠어요."라고 불온한 말을 꺼내고 있었다.

마히루가 말해 버린 이상, 아마네도 못 들은 척할 수는 없다.

"다음번엔 완전히 귓가에 대고 속삭일 거야."

"아, 알았어요, 조심할게요, 조심하면 되잖아요!"

마히루가 양쪽 귀를 손으로 누르고 도망칠 태세를 보였다. 아마네도 "거참." 하고 한숨을 쉬며, 어울리지 않는 짓을 하는 바람에 뒤늦게 찾아온 수치심을 견디고자 입술을 꽉 깨물었다.

제3화 　동경하는 형태

"마히루짱, 이건 어떠니?"

"아…… 좋아요. 레이스를 근사하게 썼네요."

젊은 처자 두 명…… 정확히는 소녀와 성인 여자가 즐겁게 대화하는 것을, 아마네는 느긋하게 가게 구석에서 바라보고 있었다.

옆에는 마찬가지로 한가롭게 두 사람을 바라보는 슈토가 있다.

"두 사람 다 즐거워 보이는걸."

"그러게 말이야……. 여자들은 어떻게 옷으로 신날 수 있을까?"

마히루가 희망해서 넷이 함께 쇼핑몰에 왔는데, 부티크에서 여자 두 명이 이것도 아니다, 저것도 아니다 하고 옷을 몸에 대 보기 시작한 시점부터 한가해진 것이다.

쇼핑하러 다니는 것이나 옷을 고르는 것은 딱히 힘들지 않지만, 저렇게까지 화기애애한 분위기를 조성하면 이야기에 끼어들기 어려워서 거리를 두고 있다.

옷은 무덤덤하게 결정하고 사는 아마네로선 저렇게 환담하면서 더 좋은 것을 고르려는 여자들을 보면 아무래도 이상한 기분이 든다.

참고로 슈토는 두 사람의 신난 모습을 지켜보고 싶어서 아마네의 옆에 있는 것 같다. 슈토 본인은 저 그룹에 낄 수 있는 사람이므로 아마네를 배려한 것일 수도 있다.

"여자는 역시 언제나 아름답게 있고 싶어서 그런 게 아닐까? 그리고 순수하게 잘 꾸미는 걸 좋아하는 것일 수도 있고."

"그야 구경하는 건 좋지만."

"꾸미는 모습을 보는 게?"

"그것도 있지만, 저렇게 즐겁게 옷을 고르는 걸 보는 게 말이지."

많은 남자들이 여자들의 쇼핑에 동행하는 건 힘들다고 하지만, 아마네는 시호코에게 실컷 끌려다닌 경험이 있어서 익숙하다. 아마네 자신도 성미가 급하지 않아서 대기하는 시간에서도 즐거움을 찾을 수 있다.

게다가 마히루가 상대라면 기쁜 듯이 웃어 주는 것만으로도 충분히 만족하니까, 꽤 즐거운 시간이다.

"그래. 아마네도 그 즐거움을 깨닫게 되었구나. 잘됐어."

"즐거움을 깨달았다고 할까, 좋아하는 사람이 이렇게 기뻐하는 모습은 누가 봐도 즐거울 것 같은데."

"순수하게 그렇게 생각할 수 있는 것도 귀중한 거야. 왜 있잖아. 지루해하는 게 나쁜 건 아니지만, 짜증을 드러내면 분위기가 서먹서먹해지니까 말이지. 애초에 즐길 수 있다면 그런 걱정은 필요 없고, 서로가 행복해서 좋겠지."

"뭐, 내 성격이 이래서 다행이라고는 생각해."

아마네 자신은 급한 일이 아니면 느긋하게 지내고 싶은 성격이고, 아무것도 없는 시간을 즐길 수 있는 사람이기 때문에 이렇게 느긋하게 지켜볼 수 있다. 이 시간에서 행복을 찾을 수 있는 건 타고난 기질 덕분이니까, 원래는 쉽지 않을 것이다.

"마히루가 저렇게 진짜 부모 자식처럼 따르는 걸 보면 오길 잘했다고 생각해."

방치되어서 외롭지 않을 수는 없다. 당연히 아주 조금 쓸쓸하지만, 그보다도 안도하는 마음이 더 크다.

진짜 가족은 아니지만, 마히루가 그토록 원해도 이루어지지 않았던 광경이 드디어 형태가 되어 곁에 있는 것이다. 그러니 기뻐하지 않을 수 없다.

천사님으로 가장할 필요도 없이 순수하게 웃는 마히루는 지극히 평범한 또래 여자아이로, 떨어져서 지켜보는 것만으로도 뿌듯할 정도로 온화하고 행복한 광경이었다.

"진짜 가족이 될 생각은 없니?"

"그거, 지금 아버지한테 꼭 들어야 할 말이야?"

"이런, 실수했구나."

슈토는 말해야 할 사람을 실수했다며 살며시 미소를 지으며 입을 닫았다. 그걸 본 아마네는 한순간 '사람이 이렇게까지 말귀를 잘 알아들으면 오히려 마음이 복잡해지는구나.' 하는 사치스러운 고민을 안고 말았다.

시호코처럼 들들 볶는 것보다는 훨씬 나으니까, 더 건드리지만 않아 준다면 더 바랄 것이 없다.

"슈토 씨와 아마네는 구석에서 뭘 하니? 이리 오렴."

평화롭게 지켜보던 슈토와 아마네의 시선을 알아챈 듯, 시호코가 손짓했다.

마히루도 이쪽을 보고 있다.

손에는 옷을 두 벌쯤 들고 있었다.

부르는 말에 응해서 아버지와 함께 두 사람에게 다가가자, 기분이 좋은 듯 싱글벙글하는 시호코가 뒤에서 마히루의 양어깨를 잡고 앞으로 살짝 내밀듯 아마네의 눈앞에 세웠다.

"아마네는 이거랑 이거 중에서 뭐가 마히루짱이랑 어울릴 것 같니?"

아무래도 옷을 골라 달라는 것 같다.

옷을 슬쩍 보면, 옷자락과 소매를 레이스로 장식한 좋은 집안의 아가씨 같은 블라우스와 차분하면서도 밝은 분위기를 자아내는 파스텔블루 컬러의 블라우스.

솔직히 어느 쪽도 어울린다고 생각하고, 어느 쪽이 좋냐고 질문 들어도, 마히루가 사는 것이니까 너무 참견하지 않는 것이 좋지 않을까 생각하게 된다.

"나는 마히루가 고른 옷이라면 뭐든 괜찮은데."

"저기, 아마네 군의 취향을 물어보고 싶거든요. 아마네 군이 어떤 걸 선호하는지 알아 두고 싶으니까……."

수줍은 듯이 시선을 살짝 내리고, 이어서 기대하는 기색으로 머뭇머뭇 눈치를 살피는 마히루를 본 아마네는 숨을 꾹 삼켰다.

아마네의 취향에 맞추려고 한다. 그 사실만으로 심장이 마구 뛰기 시작한다.

마히루의 있는 그대로를 좋아한다는 말은 거짓이 아니지만,

© Hanekoto

아마네를 위해서 취향에 맞는 옷을 입어 주려고 하는 그 마음이 기뻤다.

아마네는 얼굴이 빨개지는 것을 느끼면서 블라우스와 마히루의 얼굴을 비교해 본 다음 "이거." 라고 레이스로 장식한 블라우스를 가리켰다.

마히루는 작게 웃고 아마네가 고른 옷을 껴안은 다음, 나머지는 제자리로 돌려놓으러 갔다.

"정말 귀엽구나……."

"나도 알아."

"거리낌이 없어졌구나."

"시끄러워."

흐뭇해하는 시호코의 말을 듣고, 아마네는 고개를 획 돌렸다.

옷을 다 사고 가게를 나선 네 사람은 목적도 없이 쇼핑몰을 돌아다녔다.

지역에서도 제일가는 넓이를 자랑하는 이 쇼핑몰은 걷는 것만으로도 의외로 즐거워서 힘들지는 않지만, 사람들의 시선이 모이기 쉬워서 말로 표현할 수 없는 기분이 들기도 한다.

자식이라서 말을 더 보태지 않아도 아마네의 부모님은 정말로 외모가 빼어나고, 마히루는 더 말할 나위도 없다. 그런 사람들이 뭉쳐서 다니니까 사람들의 눈길을 끄는 건 어쩔 수 없으리라.

마히루는 이미 익숙한지 신경 쓰는 기색은 없다. 아마네의 팔에 몸을 기대고 있다.

다만 시선이 쏠리는 것은 익숙해도 아마네와 팔짱을 끼고 다니는 것은 쑥스러운지 뺨이 조금 상기되어 있었다.

아마네는 아마네대로 부드러운 것이 닿아서 솔직히 마음이 평안할 수는 없지만, 겉으로 드러내면 시호코가 놀릴 게 뻔하므로 얼굴에 드러나지 않게 조심하는 중이었다.

그래서 마히루가 산 옷이 든 봉투를 손에 쥐고 의식을 돌리려고 하는데, 그렇게 하면 '왜 이쪽을 보지 않나요?' 라는 듯이 꼭 달라붙기 때문에 참으로 견디기 어렵다.

"마히루, 저기 말이야."

"네."

"저기…… 그게."

"왜요?"

"그러고 보니 골든위크 때 산 옷은 입지 않는구나."

가슴이 닿는다고 지적할까 고민했지만, 마히루는 종종 앙증맞은 악마처럼 '일부러 그러는 건데요.' 라고 말할 때도 있으니까 어떻게 할까 고민하다가 다른 화제를 꺼내기로 했다.

오늘 마히루의 복장은 시원함을 느끼게 하면서 디자인이 고급스러운, 청순한 느낌이 나는 원피스이지만, 전에 산 오프숄더 원피스는 아니다.

마히루가 입어 보겠다고 했었는데, 결국엔 보지 못했다. 그래서 어찌 된 일인지 생각한 것이다.

골든위크라는 말에 눈을 깜빡이던 마히루는 잠시 후 살포시 미소를 지었다.

"단둘이서 데이트할 때 보여 주고 싶어서요."

"그, 그렇구나."

"데이트할 거죠?"

찰싹 달라붙으며 고개를 갸웃거리는 모습이 괜히 사랑스러워서, 아마네는 살며시 맞닿은 마히루의 팔 끝, 손바닥을 천천히 잡았다.

"그래, 둘이서 갈까? 이번엔 가족 나들이니까. 데이트와는 다르잖아."

"네……."

"어디 가고 싶어?"

"아마네 군과 함께라면 어디든지 좋아요."

"그런 말을 들으니까 어디에도 가기 싫어지네. 멋을 내 주는 건 좋은데, 남들에게 보여 주고 싶진 않은걸."

"그런 걸 집 데이트라고 하는 것 같아요. 집이라도 좋아요. 며칠 동안 날씨가 나빠질지도 모른다고 하고요."

그러고 보니 태풍이 발생해서 서서히 다가오고 있는지 뉴스의 주간 예보가 영 심상치 않았다.

직격탄을 맞는 건 아니지만, 여파가 있다고 하니까 비는 내릴 것이다.

집에 돌아갈 때쯤에는 태풍도 지나갔겠지만, 모처럼 귀성한 거니까 날씨가 좋았으면 좋겠다.

태풍을 생각하면 외출할 수 없을지도 모른다고 생각했지만, 마히루는 둘이서 같이 지내는 것에 무게를 두는 듯 외출이라는 행위 자체에는 그다지 집착하지 않는 것 같다.

돌아가면 날씨를 조사해 두기로 하고서 마히루의 손을 재차 움켜쥐었다.

"나도 마히루와 지낼 수 있다면 어디든 상관없어. 나중에 날씨를 보고 일정을 잡자."

"네."

"뒤에서 깨가 쏟아지나 싶었더니, 데이트 약속을 잡고 있었구나."

"미안하지만, 원래부터 그럴 예정이었어."

앞서 걷던 시호코가 장난기 어린 투로 놀려서 시큰둥하게 반박하자 부모님이 앞에서 작게 웃었다.

다만 놀리는 것이 아니라 흐뭇해하는 기색으로 더 묻지 않고 앞을 바라보는지라, 아마네는 작게 콧방귀를 뀌고 마히루의 손을 잡아당겼다.

제4화

천사님과 집 데이트

　지난번 쇼핑 때 느낀 불안이 적중했다.

　"비가 오네."

　"비가 오네요."

　부슬부슬 수준이 아니라 쏴아아아 소리를 내며 땅바닥을 때리는 빗줄기를 보고, 아마네와 마히루는 얼굴을 마주 보며 절절하게 고개를 끄덕였다.

　일기예보로 예상은 했지만, 남은 체류 기간을 고려해 외출하기로 한 날부터 비가 계속해서 내리니까 기분이 참 이상하다.

　다행히 바람은 세지 않고 강우량도 경보가 내릴 정도는 아니라서 아마네의 부모님은 이미 일하러 나가셨다.

　부모님은 일이니까 어쩔 수 없지만, 아마네와 마히루는 어디까지나 같이 외출하는 것이 목적이다.

　못 나가는 건 아니지만, 아무래도 날씨가 이러면 옷이 엉망이 될 테고, 몸이 젖어서 감기라도 걸리면 큰일이다.

　"외출은 못 하겠네. 홀딱 젖는 걸 각오하고 감행하는 것도 좀 그렇고."

　"저와 아마네 군도 감기에 걸릴지 모르니까 취소해야겠네요."

"그래. 뭐, 집에서 느긋하게 쉴까?"

아마네와 마히루 모두 굳이 따지면 실내 활동을 선호하는 주의라서 집에 있어도 불편하지 않다. 외출이 취소된 것이 아쉬울 뿐, 집에 있어도 나쁠 건 없다.

이것만큼은 운이 없었다며 일찌감치 포기한 아마네는 아쉬운 듯 몸을 움츠린 마히루의 머리를 슥슥 어루만졌다.

"그런 얼굴 하지 말라고. 다음에 또 나가면 되잖아?"

"그건 알아요. 하지만 모처럼 약속했는데."

"그렇게 밖에서 데이트하고 싶었어?"

"그럼요. 집에서 같이 지내는 게 싫은 건 아니지만, 평소에 못 하는 걸 하고 싶으니까요. 그리고 새로운 모습을 볼 수 있을지도 모른다고 생각하면 기대가 되죠?"

"그, 그래……? 그렇게까지 기대해 주었는데 미안하네."

당당하게 고개를 끄덕이면 역시 낯간지러워서 뺨에 이상하게 힘이 들어가는데, 다행히 마히루는 창밖을 보고 있어서 그런지 아마네의 변화를 눈치챈 기색이 없었다.

"그건 그렇고, 아마네 군과 느긋하게 지내는 것은 기뻐요. 얼마 전처럼 귀만 만지는 것은 안 되지만요."

"뭐야. 일부러 생각나게 해서 만지도록 유도하는 거야?"

"아니에요! 아마네 군이 만지는 방식이나 속삭이는 느낌은 몸에 해로워요!"

"몸에 해롭긴 무슨. 애초에 마히루가 전반적으로 나한테 너무 쩔쩔매는 탓이라고 보는데."

"그 말을 그대로 돌려주겠어요."

그 말을 들으면 아마네도 반박할 수 없지만, 마히루만큼 과민하게 반응하는 것은 아니다.

마히루는 약점을 건드리기만 해도 몸을 떨면서 움츠러드니까 어디까지 밀어붙여야 할지 고민될 때가 있다. 지나치면 허용량을 넘어서 도망치거나 삐치는 타입이므로 좀처럼 조절하기 어렵다.

"나는 마히루 같은 약점이 없으니까, 그렇게 흐늘흐늘해지지 않아."

"자, 잘도 그런 소리를 하는군요. 저도 아마네 군이 몸을 가누지 못하게 해 주겠어요."

"마히루 너, 몸을 못 가눌 정도야?"

자기 입으로 귀가 큰 약점이라고 실토하는 말실수에 웃어 버리자 얼굴을 붉힌 마히루가 괜한 소리를 했다며 후회하는 표정을 짓는다.

대체로 귀를 만지거나 귓가에 대고 속삭이면 심지를 잃은 것처럼 힘이 빠지는 것은 알기 때문에 새삼스러운 지적이지만, 마히루로서는 알려지고 싶지 않았나 보다.

"이렇게 되면 모든 수단을 총동원해서 아마네 군을 홀딱 반하게 할 수밖에 없어요……."

"이미 홀딱 반했는데, 더 어떻게 하려고……."

몸을 가누지 못하게 한다는 말은 둘째치고, 현재 진행형으로 넋이 나가서 마히루밖에 눈에 들어오지 않는 상황에서 더욱 반하기는 어렵다.

　지금보다도 마히루를 더 열렬히 사랑하게 된다면 한계를 돌파해서 한동안 방에서 내보내지 못하게 되리라.

　"아마네 군은 그런 소리를 아무렇지도 않게 하는군요."

　"그야 부끄럽긴 하지만, 말로 전하지 않으면 나빠지는 일도 있다는 말을 자주 듣거든. 사귀는 사이니까 말한다 해도 문제가 없고, 사람이니까 대화로 서로를 이해하려고 노력해야겠지."

　예전에도 비슷한 말을 한 것 같지만, 서로 좋아하는 사이라도 태도로 보여 주는 것만으로는 부족할 수 있다. 그러므로 관계가 꼬이기 전에 솔직하게 전하는 것이 서로에게 불필요한 불만이나 스트레스를 주지 않아서 좋다.

　말 하나로 다툼의 씨앗이 하나 사라진다면 노력을 아끼지 말아야 한다. 그리고 아마네는 그게 노력이라 생각하지도 않는다.

　서로 엇갈리지 않기 위해서만이 아니다. 솔직하게 전했을 때 마히루가 보여 주는 매우 사랑스러운 반응도 즐겁다. 본인한테는 도저히 말할 수 없지만.

　"그렇게 합리적인 면도 좋아해요."

　"고마운걸. 마히루도 사귀고 나서 좋아한다고 많이 말해 주잖아?"

　"그, 그건, 저기, 가득 넘쳐나서 말하지 않을 수 없다고나 할까요."

　"그래……."

　부끄러운 듯이 중얼거리는 마히루의 태도로 보아 가식이 하나도 없음을 잘 알 수 있었다.

애초에 마히루가 아마네에게 가식으로 말할 리가 없다. 애초에 사귀기 전부터 신랄할 만큼 본심으로 말해 주었으니까. 지금은 눈에 콩깍지가 쎈 구석도 있다고 생각하지만, 마히루는 정말로 생각한 말만 하니까 이것도 진심 어린 말일 것이다.

이렇게 눈앞에서 대놓고 말하는 것이 기습보다 더 쑥스럽다. 무심코 시선을 이리저리 돌리는 아마네를 마히루도 눈치챈 듯했다.

"지금 쑥스러워했죠?"

"그러면 안 돼?"

"아뇨, 오늘 간신히 한 번 이긴 것 같아서요."

"간신히는 무슨. 오늘 하루 시작한 지 얼마 안 됐는데."

"그러면 아마네 군에게 많이 이길 것 같네요."

"무리일 것 같은데."

"무슨 소리예요?"

"평소 상황에서 예상한 결과인데 말이야."

"……아마네 군은 어지간히 가슴이 철렁하는 경험을 하고 싶은가 봐요?"

"그래, 잘해 봐."

솔직히 말하면 살살 했으면 좋겠지만, 아마네를 좋아해서 어쩔 수 없다는 마히루의 마음이 전해지니까 무시할 수도 없다.

아마네가 할 수 있다면 어디 한번 해 보라는 태도를 보이자, 마히루는 왠지 자신 있는 미소를 지으며 책상 위에 놓여 있던 종이

상자에서 플라스틱 케이스를 꺼냈다.

"그러면 아마네 군의 가슴이 철렁하게 해 보겠어요."

"잠깐만. 그건 어디서 났어?"

아마네는 마히루가 꺼낸 것이 무엇인지 금방 알 수 있었다. 플라스틱 케이스의 내용물이 디스크이고, 유성으로 큼지막하게 '성장 기록 1세'라고 적혀 있었기 때문이다.

보는 순간에 그건 지금까지 말한 것과 장르가 다르다고 따지고 싶어졌다.

"시호코 씨의 컬렉션에서요."

"그게 왜 마히루의 손에 넘어간 건데?"

"어차피 외출할 수 없다면 이걸 보는 것도 좋을 거라고 하셨어요. 그 밖에도 꽤 다양한 드라마 DVD도 준비되어 있었고요."

시호코나 슈토는 나라와 장르를 불문하고 영상물을 보는 타입이고, 집에는 DVD가 그럭저럭 많으니까 심심풀이는 될 것이다. 그렇다고 해서 덤으로 홈 비디오를 마히루에 주지는 않을 텐데.

(아니지. 무단으로 앨범을 보여 줬으니까 그 가능성도 있지만.)

애초에 이미 준 상태이니까 아마네는 속으로 끙끙댈 수밖에 없다.

"저기, 역시 이런 걸 끄집어내면 싫은가요?"

"싫다고는 하지 않겠지만, 내 흑역사가 가득한 홈 비디오를 내가 보는 건 속이 복잡해지는데."

벌써 앨범을 보여 줬으니까 새삼스럽긴 하지만, 사진과 영상은 부끄러움이 하늘과 땅만큼 차이가 난다.

아무리 그래도 아마네가 수치심을 느낄 동영상은 남기지 않았겠지만, 상대는 어머니인 시호코이므로 그다지 믿을 수 없다.

별로 내키지 않지만, 마히루가 보고 싶어 한다면 보는 것 자체는 용서할 수 있다. 하지만 먼저 검열해 두고 싶었다.

"그렇게 끔찍한 일을 저질렀어요?"

"옛날의 난 마히루가 생각하는 것보다 개구쟁이였어⋯⋯."

"실내 생활 지상주의자인 아마네 군이?"

"왠지 놀리는 거 같은데⋯⋯. 그냥 어린애다운 아이였어, 난."

사진에 찍힌 것만으로는 모를 수도 있지만, 어렸을 적 아마네는 매우 활동적인 소년이었다. 동네의 또래 아이들과 탐험하거나 나이와 상관없이 다른 사람의 집에 놀러 가는 등, 이제는 생각할 수 없을 정도로 친근하고 행동력이 넘쳤다.

지금 생각하면 동네 사람들이 따스하게 지켜봐 주었기에 탈없이 건강하게 잘 자란 것이리라.

(지금이라면 개구쟁이라는 말을 들어도 다들 고개를 갸웃거리는 정도로는 차분해졌지만.)

"더더욱 보고 싶어요. 옛날에는 싱글벙글 웃으면서 이웃들에게 인사하고 다녔죠?"

"그야 뭐, 붙임성은 좋았지."

어머니보다 윗세대 사람들의 평판은 매우 좋았던 것 같은 기억이 있다. 아마도 시호코의 인품 덕이기도 하겠지만.

"작은 아마네 군, 무척 귀여울 거예요."

"보고 싶으면 봐도 되지만, 봐서 즐겁진 않을걸."

"그렇지 않아요! 이렇게 제가 모르는 아마네 군을 볼 수 있는 것이 참 좋아요."

"마음대로 하시죠."

신나서 케이스를 안고 있으니까 말릴 엄두가 나지 않는다. 아마네는 조금 떨떠름하면서도 약간의 부끄러움이라면 견딜 수 있으려니 하고 마히루가 원하는 대로 하기로 했다.

"저는 어릴 적부터 사진이나 영상을 거의 찍지 않는 환경에서 살아서 이렇게 남아 있는 것을 보면 조금 부러워요."

디스크 케이스를 소중하게 껴안으면서 중얼거리는 마히루를, 아마네는 태연한 척하면서 쳐다보았다.

마히루도 딱히 어두운 기색 없이 고백했으니까 너무 의식하면 안 되겠지. 하지만 표정을 보면 미소가 조금 쓸쓸하다. 그러나 감정을 속에 끌어안은 것이 아니라 오래된 상처가 한순간 따끔거린 정도로 보였다.

마히루가 본인의 부모님에게 관심도 받지 못한 것을 생각하면 입술에 저절로 힘이 들어가지만, 지금의 마히루로서는 아마네가 그런 분노를 느껴도 곤란할 것이다.

그래서 아마네는 절대로 마히루에게 그런 고독을 맛보게 하지 않겠다고 속으로 맹세했다.

"마히루는 어릴 적의 기록을 남기고 싶어?"

"아무것도 없으면 서운하니까 남기고 싶네요. 좋은 추억도, 좋지 않은 추억도, 나중에 객관적으로 보면 자신의 성장으로 이어질 수 있다고 봐요."

"그래. 그때가 되면 이렇게 많이 찍어서 많이 남겨야겠네."

마히루의 손에서 슬쩍 디스크 케이스를 떼어내고, 내용물을 플레이어에 끼운다.

'무엇을'이라고는 말하지 않았지만. 아마네는 그럴 각오가 있고, 자신의 다짐과 애정도 흔들리지 않을 것이라고 본능적으로 확신하고 있었다. 마히루가 마음속 깊은 곳에서 원하는 것을 줄 수 있다는, 아니 함께 만들어 갈 수 있다는 자신감이 있었다.

아마네가 한 말을 어떻게 받아들일까 싶어서 디스크를 세팅하고 소파에 앉은 마히루의 곁으로 돌아가자, 마히루는 그저 맑고 고운 눈을 크게 깜빡이고 있었다.

"무슨 일 있어?"

"아, 아니요? 아무 일도 아니에요……?"

해답을 완전히 찾아내지 못했는지 눈동자에 다양한 감정이 이 것저것 떠오르다가 사라지는 모습을 웃으며 바라보았다. 마히루는 부끄러워진 듯 헛기침을 한 다음에 재생이 시작된 DVD 영상으로 시선을 옮겼다.

(뭐, 이건 장래에 생각해야지.)

아마네 자신은 아직 책임을 질 수 없는 아이다.

이상을 말하기는 쉽지만, 현실로 만들기에는 모든 것이 부족하다. 마음만으로 어떻게 될 정도로 현실은 호락호락하지 않다.

우선은 충분한 시간을 들여 이 기분의 열량이 변하지 않으리라는 걸 마히루에게 알리는 것부터 시작하자.

가슴 깊숙이 자리매김한 강하고 깊은 열기를 느끼며, 옆에서 몸을 살짝 꼼질대고 있는 마히루에게 웃음을 건넸다.

"자, 봐봐. 보고 싶어 했던 내 어릴 적 영상이야. 뭐, 이 무렵의 아이들은 누구나 귀엽겠지만."

"귀여워요. 지금의 아마네 군에게도 이 시절 느낌이 남아 있지만, 역시 눈빛은 어릴 적이 더 부드럽네요."

정신을 차렸는지 영상을 보면서 중얼거리는 마히루에게, 아마네는 "그야 지금은 눈빛이 사나우니까."라고 쓴웃음을 지으며 대꾸한다.

옛날에는 꽤 어리고 중성적으로 생겨서 외모에 별로 자신감이 없는 아마네가 지금 봐도 귀여운 편이라는 생각이 들 정도다.

개와 함께 산책 중이던 동네 주민과 웃는 얼굴로 이야기하는 모습. 아이들과 마당에서 천진난만하게 노는 모습. 처음 자전거를 탔을 때 기뻐하는 시호코와 어린 아마네. 이처럼 잘 기억이 나지 않는 장면부터 기억나는 장면까지 다양하게 흘러간다.

조금 전 대화는 머릿속에서 사라진 건지 정신없이 TV를 보는 마히루. 아마네로선 가능하면 이쪽을 먼저 잊어 주었으면 좋겠다고 바라지 않을 수 없었다.

"어머, 이 아이는 아까도 나왔어요."

한 시간쯤 보는데도 몇 년이 지난 것 같다.

친구들과 노는 장면이 몇 번 나왔는데, 그때마다 사람이 불규칙하게 바뀌는데도 그 소년만은 자주 등장한 것이 궁금한 것이리라.

"아, 얘는 같은 동네에 사는 동갑내기야. 소꿉친구라고 할 수 있을지는 미묘한 사이지만, 그럭저럭 친했어."

지금은 사이좋았던 시절이 그립지만, 그 시절로 돌아가고 싶다는 생각까진 들지 않으니 미련은 없으리라.

지금의 자신이 좋다고는 아직 단언할 수 없지만, 좋아할 수 있도록 노력 중이다. 그렇기에 아무런 고생을 몰랐던 철부지 시절로 돌아가고 싶지 않았다.

마히루는 아마네가 그냥 넘어가자 더 말하지 않고 다시 TV로 눈길을 돌렸다.

옛날 아마네의, 어리고 조금 톤이 높은 목소리가 들뜬 분위기를 알려 줬다.

여름철에 너무 신나게 놀다가 흙투성이가 된 아마네를 보면 이런 시기도 있었구나 하고 절실히 느낀다.

"아마네 군, 정말 생각했던 것보다 훨씬 장난꾸러기였군요."

"그야 어렸을 때니까. 이것저것 저지르다가 어머니한테 혼나고 학습했지……. 잠깐, 마히루. 이거 다음은 안 돼."

영상이 집 복도로 넘어가면서 얼마 뒤 무엇이 찍혔는지 생각난 아마네는 황급히 리모컨을 잡고 일시 정지 버튼을 눌러야 했다.

너무 순식간에 벌어진 일이어서 마히루가 얼어붙었다. 그래도 여기서부터는 아마네 자신의 명예와 불필요한 것을 목격할 수도 있는 마히루를 위해서 보이지 않는 걸 선택해야만 한다.

"어, 왜 멈춰요?"

"그게 말이지. 이다음은 위험할 것 같아. 내 수치심보다는, 마히루가 부끄러워지는 내용이야."

"정말요? 그냥 아마네 군이 보여 주기 싫은 거 아니에요?"

"아니야. 그것도 이유지만, 마히루가 나를 똑바로 볼 수 없게 될걸."

보여 주고 싶지 않고, 그런 취미도 없다. 그리고 마히루도 보면 한동안 대화가 성립하지 못할 내용이 나오는 것이다.

아마네는 미심쩍게 보는 마히루에게 어떻게 설명할지 고민했지만, 직설적으로 말해야 알아들을 것 같다며 한숨을 한 번 내쉬고 입을 연다.

"마히루도 알겠지만, 복도를 지나면 욕실이 나와. 욕실에서 씻기는 영상이야."

한 손으로 꼽을 수 있을 정도의 나이밖에 안 먹은 어린아이라고는 해도 남자의 알몸을 보고 싶냐고, 그런 뉘앙스로 마히루를 보니 예상 밖이었던 듯 굳어 있었다.

아마네도 왜 이런 걸 남겼냐고 시호코에게 따지고 싶지만, 본인은 여기에 없다.

"시, 실례했습니다."

"알았으면 됐어. 우리 부모님도 아무리 자기 자식이라지만 찍어서 되는 것과 안 되는 것이 있다는 걸 알아줬으면 좋겠는데."

"그, 그렇군요."

이러면 되겠지. 아마네는 그렇게 생각하고 재생을 중지했는데, 희미하게 아쉬움이 남은 듯한 마히루의 표정을 보고 일부러 어깨를 으쓱해 보였다.

"관심 있어?"

"저, 저를 그렇게 밝히는 사람처럼 말하지 마세요!"

"아니, 마히루는 의외로 호기심이 왕성한 것 같은데…… 아야! 알았으니까 박치기는 하지 마."

사소한 농담인데도 진심으로 받아들인 듯한 마히루가 얼굴을 붉히고 아마네의 팔뚝에 머리를 부딪혀서, 이대로 가다간 삐칠 게 뻔해 보이니까 순순히 사과했다.

한동안 머리를 툭툭 부딪치며 열기를 발산하던 마히루는 천천히 아마네와 시선을 맞추며 입술을 삐죽 내밀었다.

"아마네 군이 너무 짓궂어요."

"미안해. 기분 좀 풀어. 응?"

너무 놀리면 장기전이 될 것 같으니까 금방이라도 아마네를 탁탁 때릴 것 같은 손을 잡고 최대한 상냥하게 웃는다. 그러자 마히루는 꼭 입술을 다물고 불만스러운 눈동자를 향한다.

"아마네 군도 제 입장이라면 흥미가 생길 거잖아요."

"아니지. 어린아이를 상대로 호기심이 생기는 취미는……. 그나저나 그렇게 말하면 관심 있다는 걸 인정하는 거 아니야?"

"몰라요! 바보!"

괜한 소리를 했다고 깨닫지만 이미 늦었다. 마히루는 아마네의 부드러운 구속에서 빠져나와 허벅지를 찰싹찰싹 때린다.

정곡을 찔렀나. 말로 표현할 수 없는 멋쩍음과 부끄러움을 느끼면서도, 마히루가 관심을 보였다는 것이 기쁘다. 아마네는 무심코 웃음이 나올 것 같으면서도 마히루를 진정시키기 위해서 마실 것을 준비하려고 부엌으로 넘어가기로 했다.

　조금 거리를 두면 진정되겠지. 그렇게 생각한 아마네가 마히루가 좋아할 달콤한 음료를 조금 시간을 들여 준비해서 거실로 돌아오자, 마히루가 눈을 흘기며 바라봤다.

　"자, 기분 좀 풀어. 수제 아이스 코코아야."

　"뇌물로 사람의 기분을 풀겠다고 생각한 거라면 착각하는 거예요."

　"안 마시게?"

　"마, 마실 거예요……. 정말이지, 참."

　그래도 순순히 받아주는 마히루에게 들키지 않게 슬며시 웃으며 정중하게 건넨다.

　냄비로 끓여서 꽤 진하게 만든 코코아를 우유에 풀어 얼음으로 식히는 조금 복잡한 과정으로 만든 코코아는, 마히루가 좋아하는 음료이기도 하다.

　냄비를 쓰면 설거지하기 귀찮아지니까 아마네 혼자 있을 때는 잘 만들지 않지만, 실수해서 마히루의 기분이 상했을 때 만들면 순순히 이야기를 들어주게 된다.

　마히루가 입에 댄 것을 확인하고 나서 "맛은 괜찮아?"라고 눈치를 살피자 책망하는 듯한 눈빛이 다소 누그러졌다.

　"맛있어요."

　"그렇다면 다행이고."

　"먹을 걸로 얼버무리려는 거 아니에요?"

　"그렇진 않은데……."

마히루는 쓴웃음을 지은 아마네를 힐긋 보더니, 코코아가 든 머그잔을 들고 일어섰다.

방으로 돌아갈 정도로 기분이 상했나 싶어서 식은땀을 흘리는데, 마히루가 바로 앉아서 땀이 바로 식는다.

그 대신 다른 의미로 땀이 날 것 같았다.

"마히루 씨……?"

"에어컨을 켜서 쌀쌀해요."

아마네의 다리 사이에 앉은 마히루가 장난스럽게 미소를 지으며 올려다보는 바람에, 아마네는 안도감과 곤혹감으로 한숨을 깊이 내쉰다.

"얼마나 원하십니까?"

"아마네 군이 원하는 만큼이어도 상관없지만, 너무 이상한 짓을 하면 코코아가 어떻게 될지 알잖아요."

얼마 전에 아마네가 만지는 걸 좋아한다고 했는데, 이것이 일단 복수를 뒤로 미루겠다는 뜻임을 눈치챘다.

"그랬다간 마히루한테 튈 거 같은데."

"네. 그럴 거예요."

"아무것도 안 하겠습니다."

"좋아요."

자신을 인질로 써먹는 강경 수단이지만, 아마네로선 쩔쩔맬 수밖에 없다.

아무튼 아마네가 뭘 어떻게 할 생각은 없다. 마히루가 직접 신신당부하는 거니까, 아마네도 웃으며 양손을 슬쩍 펼치고 무해

© Hanekoto

하게 아무것도 하지 않겠다는 포즈를 취한다.

"바람이 새서 추워요."

"마히루도 자기주장이 강해졌네."

"그런 저는 싫어요?"

"설마. 더 주장해도 좋을 정도야."

마히루는 평소 자신을 억제하는 일이 많으니까 남친에게는 어리광을 많이 부렸으면 좋겠다. 아마네가 할 수 있는 일이라면 뭐든지 해 줄 것이고, 마히루가 행복하게 웃어 준다면 자기 일은 뒷전이어도 될 것 같다.

단지 마히루도 그렇게 생각하는 듯, 자꾸 아마네가 어리광을 부리게 유도한다. 그래서 누가 어리광을 받아줄지 주도권을 잡기 위한 수수한 공방도 자주 발생하는데…… 오늘의 마히루는 순순히 주도권을 넘겨주는 것 같다.

몸을 감싸는 아마네에게 모든 것을 맡긴 마히루는 아이스 코코아를 홀짝홀짝 마시며 편안한 모습을 보이고 있었다.

"그러고 보니 아마네 군은 마시지 않는군요."

"나는 단 걸 별로 좋아하지 않고, 마히루가 마시는 것만 봐도 배가 부르니까."

표정을 풀고 맛있게 마시는 모습만 봐도 아마네로선 자기 몫이 필요가 없을 정도로 만족하는 셈이다.

"점심 전인데 배가 불러요? 그래도 돼요?"

"정신적인 면에서 만족한다는 뜻이야."

"그렇다면 점심은 안 먹어도 된다는 뜻이죠?"

"먹어야 합니다."

그것과 이것은 다른 차원이라고. 아마네가 마히루의 몸을 감싼 팔에 힘을 슬쩍 주었다가 풀면서 주장하자, 품에 안긴 마히루는 이상하다는 듯이 소리를 내어 웃었다.

"태도가 금방 변하는군요. 아마네 군도 이제는 멀쩡하게 요리할 수 있을 텐데요."

"마히루가 해 주는 밥을 먹고 싶고…… 마히루가 차린 밥이 아니면 만족할 수 없어. 수고를 끼치는 건 미안하지만."

아마네는 자기 입으로 말해 놓고도 참 한심한 소리를 다 한다고 생각했다.

마히루의 요리에 입이 너무 익숙해진 결과, 마히루가 해 주는 요리가 없으면 식사할 때 풍족함을 느끼지 않게 된 것이다.

물론 다른 것이 맛없다는 뜻은 아니지만, 마히루가 만든 요리가 없으면 부족하다고 생각하고 만다.

"못 말리는 사람이군요."

"마히루가 먹을 것으로 길들였다는 건 알아."

"아예 저 없이는 살 수 없을 정도가 되어 주어도 상관없는데요?"

"이미 그렇게 됐는데."

아마네도 마히루와 지내면서 혼자서 무난하게 생활할 수 있게 되었지만, 참으로 만족스럽게 산다고 실감하려면 마히루가 있어야만 한다.

애초에 이렇게 사람을 사랑스럽게 느낀 것도, 소중히 여기고 싶다고 생각한 것도 이번이 처음이니까. 마히루와 떨어지면 세상에서 빛이 사라질 것만 같다.

　무미건조한 일상을 그저 무난하게 되풀이하는 것은, 그야말로 산송장이 아닐까.

　지금은 요리뿐만 아니라 마히루의 존재 자체가 아마네를 형성하고 있으니까 없으면 살아갈 수 없다는 뜻으로 한 말인데, 마히루가 알아보기 쉽게 몸을 딱 굳혔다.

　"저, 정말이지. 아마네 군은 그런 구석이 있어요."

　"뭐가?"

　"아무것도 아니에요. 그러면 점심을 준비하겠어요."

　마히루가 반쯤 남은 코코아를 단숨에 마시고 일어서는 바람에 품에 있는 온기와 부드러운 감촉이 사라진다. 아마네는 그것을 조금 아쉬워하며 마히루를 올려다봤다.

　"천천히 마셔도 되는데."

　"천천히 마시지 못하게 만든 사람이 누구인지 알아요……? 다 마셨으니까 준비할게요. 벌써 점심때니까요!"

　보라는 듯이 시계를 가리키는 마히루에 이끌려 시계를 보니, 정말로 정오가 지났다.

　"그야 점심때지만 말이야. 아, 도와줄까?"

　"오늘은 됐어요!"

　이건 마치 도망치기 위한 변명 같다고 지적하려던 찰나에 마히루가 주방으로 도망쳤다. 아마네는 아무것도 듣지 않은 것으로 하고 요리해 주는 마히루에게 속으로 고마운 마음을 전했다.

점심을 다 먹은 후, 아마네가 설거지하는 사이에 어느새 마히루가 자취를 감췄다.

항상 함께 있어야 하는 것은 아니지만, 어느새 모습이 안 보이니까 뭔가 볼일이 생겼거나 몸 상태가 나빠진 것인지 이유를 생각하게 된다.

토라진 것도 식사 후에는 완전히 회복했으니까 이유가 아니라고 생각하지만, 가능성이 아예 없다고는 말할 수 없다.

나중에 보러 가자고 생각한 아마네가 수도를 잠그자 마침 계단 쪽에서 내려오는 발소리가 들렸다.

아마네는 자신보다 가벼운 발소리에 뒤돌아보고, 굳었다.

손에 접시가 없어서 천만다행이라고 생각했다. 있었다면 아마도 싱크대로 떨어졌겠지.

"저기, 모처럼 집 데이트를 하는 거니까요. 그래서 데이트용 차림이 좋지 않을까, 싶어서."

부끄러움을 감추려는 듯한 기색을 보이는 마히루는 얼마 전에 아마네가 언급했던 오프숄더 원피스를 입었다.

평소에는 피부 노출이 별로 없고, 가장 많을 때도 민소매 옷 위에 뭔가 걸치는 정도로 입는 마히루인데, 지금은 목덜미부터 어깨와 쇄골 언저리까지 드러났다.

평소 겉으로 보이지 않던 새하얀 피부가 아낌없이 드러나서, 바깥은 먹구름으로 뒤덮여 분위기가 무거운데도 마히루의 주위만큼은 환하고 발랄하다.

소매 길이 자체는 팔꿈치를 넘어서니까 종합적인 노출도를 따지면 민소매 쪽이 더 많은데도 평소 눈에 들어오지 않던 곳이 보인다는 사실이 신선함을 더 키운다.

"어때요, 어울려요?"

"잘 어울려. 진짜 잘 어울려."

아마네는 칭찬도 잊을 만큼 멍하니 시선을 주다가 마히루의 보채는 듯한 눈빛에 황급히 소감을 밝혔다.

이 옷을 살 때는 확실히 어울릴 것 같다고 말했었다. 그런데 설마 이토록 잘 소화해서 나타날 줄은 몰랐다.

노출이 심한 건 아닌데도 은근슬쩍 요염하고, 그러면서도 청순함은 유지하는 걸 보면 마히루의 분위기와 얼굴 생김새가 영향을 주었으리라.

"고마워요……."

"좀 더 구체적으로 칭찬하는 게 좋겠어? 마히루는 피부가 고와서 이렇게 드러내면 엄청 눈부셔 보여. 몸이 가냘픈 만큼 이렇게 몸매를 보여 주는 옷도 튀지 않게 잘 소화하는걸. 그리고 이 무늬라면 평소보다 키가 커 보이고 디자인도 깔끔해서 어른스러운 느낌도 짙어진 것 같아."

어휘력이 별로여서 딱 알맞은 말로 칭찬할 수는 없지만, 여친이 예쁘게 꾸몄으니까 말을 총동원해서 칭찬하려고 했다. 그런 아마네에게, 마히루는 황급히 고개를 흔들었다.

"아, 알았으니 됐어요. 저를 낯부끄럽게 해서 뭘 어쩌려는 거예요?"

"칭찬을 듣고 쑥스러워하는 걸 보기 위해서. 그리고 내가 하고 싶은 말을 하고 싶어서 그러는 건데."

아첨이 아니라 진심으로 마히루를 칭찬하고 있고, 일종의 자기만족 같은 칭찬이지 마히루를 어쩌고 싶은 속셈이 있는 게 아니다.

가슴속에서 생긴 감정을 말로 배출하지 않으면 속이 답답해질 것 같았다.

"고마워요. 하지만 이젠 됐어요, 속이 더부룩해요."

"밥 먹은 후라서 그런가?"

"아, 아까 일로 앙갚음하는 거 같은데요……."

"뭔 소린지 모르겠는걸."

마히루에게 대꾸한 말에는 고의성이 있지만, 칭찬은 진심이고 본심이다.

다만 너무 많이 말했다간 마히루가 입을 열지 않을 것 같으니까 이쯤에서 그만하고, 아마네는 준비한 수건으로 손에 묻은 물기를 닦았다.

"자, 나는 설거지를 다 했고 부탁받은 집안일도 먼저 끝냈는데, 이제 뭘 할까?"

모처럼 옷을 갈아입었지만 밖에서는 여전히 비가 내린다.

밤이 지나야 태풍이 멀어지고 날씨가 회복된다는 보도가 있었는데, 보아하니 오늘 일기예보는 빗나가지 않을 것 같다.

부모님 댁에서는 둘이서 할 일이 별로 없다.

아까는 홈 비디오를 보았는데, 그것을 제외하면 영화를 보거나 서재에 있는 책을 읽거나, 아니면 학생의 본분인 공부를 하는 게 고작이다.

집에서 자주 하는 일이므로, 집 데이트로 삼기에는 너무 일상적이리라.

"아마네 군과 느긋하게 지내는 것만으로는 안 될까요?"

"나는 상관없는데, 마히루는 지루하지 않아?"

"제가 먼저 말해 놓고서 싫어할 리가 없잖아요. 아마네 군의 곁에 있기만 해도 만족하고요."

참으로 사랑스러운 말을 자꾸 하는 바람에 표정이 부드럽게 풀리는 것을 느끼면서, 아마네는 살며시 마히루의 머리를 쓰다듬었다.

"그렇구나. 그럼 느긋하게 지낼까? 부모님 댁이니까 우리가 자유롭게 즐길 건 적지만 말이야."

아마네의 물건 중에서 마히루와 즐길 만한 게임이나 만화는 자취하는 집에 있다. 짐을 늘리기 싫어서 안 가져왔는데, 이렇게 되면 게임 하나쯤 챙겨도 됐을 것 같다.

다만 없어도 충분히 행복하다는 걸 경험으로 아니까, 가성비가 참 좋다는 생각도 든다.

"같이 있는 것만으로도 만족한다면, 에너지도 절약하고 좋은걸."

"후후, 그러네요. 이게 오래가는 비결일 수도 있는데요?"

"비결이라고 할까, 궁합과 성격의 문제겠지만…… 우리가 서로 잘 맞물리는 건 확실한가."

친구든 연인이든 관계가 오래가려면 함께 있는 즐거움보다 말없이 있어도 힘들지 않은 것이 더 중요하다고 생각하니까, 서로 말하지 않아도 만족하는 아마네와 마히루는 궁합이 무척 좋을 것이다.

물론 오늘은 데이트니까 같이 수다도 떨고 놀기도 하지만.

"방으로 갈까? 수상한 뜻은 아니야."

"그건 의심하지 않아요."

"나로서는 의심해 주면 좋겠는데……."

마히루는 무엇을 해도 용서해 줄 것 같지만, 의심하지 않는 것도 마음이 복잡해진다.

그 신뢰에 쓴웃음을 지으며, 아마네는 마히루의 손을 잡고 자기 방으로 간다.

가구를 대부분 내보낸 방은 역시 휑뎅그렁해서, 그만큼 마히루의 존재가 화사하게 돋보였다.

어디 앉을지 고민했지만, 마히루를 불편하게 하는 것보다는 낫다는 생각으로 침대에 앉았다. 그러자 마히루는 살짝 수줍은 기색으로 시선을 내렸다가 아마네의 다리 사이에 자연스럽게 앉아 몸을 기댄다.

이렇게 끝까지 믿는 태도가 괜히 설레게 한다며 기쁨과 초조함을 느끼면서도, 아마네는 한순간 떠오른 욕망을 억지로 깊숙이 가라앉히고 마히루의 몸을 끌어안았다.

이번에는 아까보다 단단히.

아프지 않게 조심하면서도 마히루의 부드러움과 온기를 맛보듯 몸을 밀착한다. 매끄러운 어깨에 턱을 얹고 가볍게 기대자 마히루가 몸을 살짝 떨었다.

"저, 저기요. 아마네 군."

"이 정도는 괜찮잖아. 딱히 이상한 데를 만진 것도 아니고."

몸이 닿은 곳은 배와 등, 어깨 정도다.

마히루가 옷을 갈아입고 와서 아마네의 턱이 올라간 어깨는 피부를 드러낸 상태다. 그러한 까닭에 매끄러운 피부가 느껴진다.

살짝 아래를 보면 데콜테 디자인으로 어깨와 목 아래가 넓게 트여서 봉긋 솟은 부분과 옷으로 채 감추지 못한 계곡이 슬쩍 보인다.

정말 빼어난 경치이긴 하지만, 자꾸 보면 좋지 않은 생각이 떠오르므로 시선을 돌려 새빨개진 귀에 입을 맞췄다.

"하윽……. 귀, 귀로 장난치지 말라고 아침에도 말했잖아요."

"몸을 가누지 못해서?"

"그, 그 정도는 아니지만…… 근질근질하니까 안 돼요."

"그러면 여차할 때를 생각해서 그만둘게."

평소 장난치는 것보다 특별한 때 만지는 것이 효과적일 것이다. 익숙해지면 자극에 무덤덤해지니까 가끔 하는 정도가 좋으리라. 그것이 마히루에게 있어서 잘된 일인지는 일단 넘어가고.

"그것도 참 위험할 것 같은데요."

"뭐하면 지금 익숙해질래?"

"둘 다 안 돼요."

이번에는 확 돌아본 마히루가 새빨개진 얼굴로 매섭게 째려봤다.

장난이 지나치면 또 토라질 것 같아서, 아마네는 "미안해."라고 조용히 속삭이며 마히루의 몸을 다시금 감싼다.

"아마네 군이 심술궂어요."

"정말 미안해. 이젠 안 한대도. 그나저나 진짜 잘 어울리는걸. 남들에겐 보여 주기 아까울 정도니까 집에서 느긋하게 지내길 잘한 것 같아."

솔직히 마히루는 웬만하면 옷을 잘 소화하지만, 이 오프숄더 원피스 역시 잘 어울렸다. 어지간한 모델들보다 훨씬 더 자기 옷처럼 만들었다.

매끄러운 어깨와 무방비한 가슴 위쪽을 노출하니까 솔직히 이 모습을 남들에게 보여 주고 싶지 않다.

꾸준한 노력으로 가꾼 피부를 다른 남자들에게 보여 주기 싫었다. 입을 대고 싶어지는 백자색 피부를 바라보며, 아마네는 태풍에 조금 감사했다.

"아마네 군의 취향이 이런 건 잘 알겠어요."

"취, 취향이라고 할까. 마히루한테 어울리겠다고 생각했거든. 화려한 옷보다는 간소해도 포인트가 있는 옷이 더 좋고."

"그렇다면 다행이에요. 아마네 군에게 보여 주고 싶어서 산 거니까요."

"그러면 더 자세히 보고 싶어지는걸."

지금은 등 뒤에서 감싸듯 껴안아서 앞쪽을 보기 어렵다. 물론 아까도 보기는 했지만, 조금만 더 가까운 곳에서 바라보고 싶었다.

아마네가 하는 말을 들은 마히루가 머뭇머뭇 몸을 돌려서 조금 불안한 눈치로 올려다본다.

이렇게 가까이서 보이는 게 부끄러운지, 아니면 침대 위에서 서로 마주 보는 게 부끄러운지. 마히루의 속마음을 정확하게 파악할 수는 없지만, 수줍어한다는 건 알 수 있었다.

"잘 어울려…… 귀여워."

"아, 알아요. 아마네 군이 귀엽다고 생각하는 것 정도는."

"응. 이렇게 말하면 부끄럽지만, 세상에서 제일 귀여워."

애초에 마히루 말고는 대상에서 제외되니까, 사랑스럽다는 의미도 포함하는 '귀엽다' 는 말은 마히루만을 위한 것이다. 장차 다른 '아이' 에게 말할 수는 있겠지만, 다른 사람에게 말할 생각은 없다.

한없이 솔직하게 말하고 뺨을 어루만지는 아마네 때문에 마히루의 시선이 갈팡질팡한다.

"오늘의 아마네 군은 평소보다 솔직하다고 할까요. 대담하다고 할까요."

"데이트니까. 집 데이트지만."

데이트 때는 남자가 잘 이끌어야 한다고 어제 슈토가 신신당부했다. 결국 외출하지는 않았지만, 집에서 해도 데이트인 건 마찬가지니 아마네가 주도권을 잡아야겠지.

뺨을 간지럽히듯 쓰다듬으면 마히루는 발개진 얼굴로 부드럽게 웃으면서도 부끄러운 듯 시선을 내린다.

"항상 이렇게 밀어붙이면, 견딜 수가 없는데요."

"평소에도 이렇게 하면……."

"아, 안 돼요. 제 심장이 못 버텨요."

"그렇게 가슴이 두근두근 뛰어?"

"뛰어요."

그렇게 말한 마히루는 아마네의 손을 잡고 상체의 정중앙 쪽으로 유도했다.

물론 손이라고 해도 손등이지만, 그래도 부드러움과 온기는 확실히 느껴진다. 평소보다 훨씬 빠르다는, 큰 고동도.

천이 얇은 만큼 고동도 잘 전해지고, 부드러움도 강하고 또렷하게 느껴진다.

숨이 막혀서 마히루를 보자 시선이 마주친다.

한순간 그 캐러멜색 눈동자가 부끄러움에 젖으면서도, 호소하듯 강하게 아마네를 응시하고 있었다.

"아마네 군도 가슴이 두근두근 뛰지 않으면 불공평해요."

"엄청나게, 두근거려."

"정말로요?"

마히루가 아마네의 가슴에 얼굴을 묻는다.

수치심을 감추는 방편이기도 하겠지만 아마네의 심장이 뛰는 소리를 듣기 위한 움직임이기도 하다. 마히루는 아마네 자신도 알 정도의 고동 소리에 "진짜 그러네요."라고 조금 기쁜 듯이 중얼거렸다.

"여친이 이러는데 두근거리지 않을 수가 있겠어?"

"요즘 아마네 군은 뭐라고 할까, 여유가 있다고 할까…… 치사해요."

"반대로 여유가 없으면 꼴사납지 않아?"

"그렇지 않아요. 아마네 군은 언제나 멋져요."

"그렇게 말해 주면 고맙고."

'그런 말을 들으면 여유가 없어지는 것을 알고 그러는 거야?'라고 말하고 싶어졌지만, 마히루는 순수하게 말하는 것일 테니까 도로 집어삼킨다.

그 대신 가슴에 밀착한 마히루를 껴안고 머리를 쓰다듬었다.

"아, 진짜. 왜 이렇게 귀여워." 하고 작게 중얼거렸더니 마히루가 아마네의 가슴에서 고개만 살짝 들어서 희미하게 웃는다. 그것만으로 애정이 한없이 끓어오르니까, 자신이 완전히 콩깍지가 씌었음을 확신하게 된다.

침착함을 되찾으려고 마음을 비우고 머리를 쓰다듬으며 귀여워하자, 마히루도 부끄러움이 덜해졌는지 편안한 기색으로 아마네의 손길을 순순히 받아들였다.

마히루는 원래 머리를 쓰다듬는 것을 좋아하는 것 같으니까, 마음도 편해지는 것이리라.

"있잖아, 마히루."

"네?"

"생각한 건데, 이게 데이트라면 역시 항상 데이트하는 것 같아. 마히루는 대체로 우리 집에 있으니까."

집 데이트를 매우 특별한 이벤트로 느끼지 않는 것은, 마히루가 옆에 있다는 사실에 익숙해져 버렸기 때문일 것이다.

아마네가 집에서 지낼 때는 대부분 마히루가 있다.

다만 이렇게 꽁냥대는 경우는 별로 없고, 느긋하게 TV를 보면서 잡담하거나 밥을 먹거나 공부하거나 하는 식으로 데이트 같은 느낌이 안 나지만.

그래서 그런지 특별히 긴장하거나 가슴이 두근거리는 경우는 많지 않다.

"후후, 그래요. 이러면 매일 집 데이트를 하는 걸까요?"

"그럴지도. 가끔은 우리 집 말고 마히루네 집에도 가 보고 싶은데."

"우리 집……에요?"

"아, 흑심은 없어. 흥미가 있다고 할까?"

기본적으로, 아니 항상 마히루가 아마네의 집을 찾아오니까 반대로 마히루의 집을 방문하고 싶은 욕구가 있었다.

한 번 발을 들인 적이 있지만 그때는 관찰할 수가 없었다. 그리고 단순한 호기심에 마히루가 사는 곳을 보고 싶은 거라도, 남자가 여자 집에 가고 싶다고 하면 아무래도 흑심을 의심받는다.

그래서 도저히 말할 수 없었다.

"딱히 상관없는데요……. 특별한 건 없거든요?"

"그냥 흥미가 생겨서 말해 본 거야. 그리고…… 확인하고 싶었거든."

"뭘 확인해요?"

"그게, 책상에 있는 액자에는 어떤 내가 찍힌 사진이 있을까 해서."

마히루가 말했던 사진 액자.

그때는 정말로 안 봐서 무슨 의미인지 몰랐는데 사귄 지금이라면 알겠다.

아마네가 보지 않았는지 일부러 확인한 것은, 사진에 찍힌 본인이 봤는지를 확인하려고 한 것임을.

가끔 마히루에게, 그리고 이츠키나 치토세에게 사진을 찍혔으니까 짐작이 가는 것이 몇 가지 있는데, 그중에서 어느 것인지 궁금하다.

"무, 무슨……! 아, 알고 있었어요?"

"아니. 사귀고 나서야 그거겠구나 하고 깨달았다고나 할까."

그때 알았다면 좀 더 빨리 결단할 수 있었겠지. 아마네의 사진을 간직하다니 어지간한 호의가 없으면 하지 않을 테니까.

"저기, 질색하지 않을 거죠?"

"왜 그런 소리가 나오는데?"

"본인의 허락도 없이 사진을 인쇄해서 액자에 넣어 두면, 상황에 따라서는 스토커 같기도 하니까요."

"으음. 정말로 상황에 따라 다르지 않을까? 그야 잘 모르는 사람이 몰래 촬영하거나 하면 싫을 테지만, 상대는 마히루니까. 애초에 그건 마히루가 직접 정면에서 찍었거나, 이츠키나 치토세가 찍어서 넘긴 거지? 그렇다면 내가 아는 사진일 테고, 사귀지 않았어도 마히루가 액자에 넣어 두는 정도로는 불쾌하지 않을 거야. 참고로…… 사실은 어떤 사진이야?"

"아마네 군이 웃을 때 찍은 사진이에요. 아카자와 씨가 찍어 준 건데, 저는 보기 어려운 표정이라고 생각해서……."

"그 자식, 아무렇지도 않게 사진을 유출하네."

지금은 그 커플이 결탁해서 마히루 편을 드는 걸 아니까 뭐라고 할 생각은 없지만, 이상한 사진을 보내지 않았는지 걱정된다.

아무리 그래도 그 정도의 양심은 있겠지. 그렇게 믿고 "뭐, 그렇다면 됐지만." 하고 어깨를 으쓱하자, 마히루가 알아보기 쉽게 안도하는 한숨을 쉬었다.

"다행이에요. 미움받으면 어쩌나 싶었는데……."

"반대로 내가 마히루의 사진을 액자에 넣어 장식했다면 어쩔 거야?"

"그건 기쁘지만, 어떤 구도로 얼마나 잘 찍혔는지 궁금하네요. 아…… 그런 거군요."

"그런 거야. 하지만 이상한 사진은 아닌 것 같고, 너무 놀려도 마히루가 새빨개지니까 그만 말할게."

너무 놀리면 마히루가 품에서 무릎을 끌어안고 한동안 이야기를 들어주지 않을 것 같아서 순순히 물러나자, 마히루는 그것을 상상한 듯 살짝 울상을 짓고 눈을 흘긴다.

그런데도 쏘아붙이지 않는 건, 마히루 본인이 허가도 없이 장식했기 때문이리라.

아마네는 입을 다문 마히루에게 슬쩍 웃으며 달래듯이 등을 토닥토닥 두드린다.

"뭐, 그게 아니라도 역시 사귀는 사람의 방은 궁금하지 않아?"

"아마네 군의 방은 잘 보고 있으니까요."

"그야 마히루는 사람을 깨우러 오거나 본인이 방에서 깜짝 잠들거나 하니까."

마히루가 아마네의 방에 들어갈 기회는 그럭저럭 있다. 아침에 아마네를 깨우러 오기도 하고, 아마네가 없을 때 가끔 들어가서 선잠을 자기도 한다.

　아마네가 장을 보고 귀가해서 옷을 갈아입으려고 방에 들어가 보니 마히루가 새근새근 자고 있어서 몹시 당황스러웠던 기억이 있다.

　들어와도 된다고 했고, 마히루가 본다고 딱히 불편한 것은 없으니까 아무렇지도 않지만, 무방비하게 자기 침대에서 자는 모습을 본 남친의 심정도 헤아려 줬으면 좋겠다.

　"그, 그게…… 아마네 군의 냄새는, 마음이 편해져서……."

　"나는 혼란스러운데 말이지. 자기 방에서, 그것도 침대에 여친이 있으면 보통은 덮칠걸."

　"신사로군요……."

　"믿음에 근거한 방심은 기쁘지만, 내 이성이 사망하니까 그러지 마."

　"미안해요."

　"다음에 또 그러면 잠든 얼굴 촬영회를 시작할 거야."

　"그, 그건 싫어요."

　"싫으면 조심해."

　잠든 얼굴을 보이는 것은 거부감이 없으면서 사진을 찍히는 것은 싫은 마히루의 마음은 잘 모르겠다.

　"잠드는 건, 되도록 묵으러 갈 때만 그럴게요."

　"그래……."

마히루는 수줍어하면서도 기쁜 듯이 중얼거렸다. 그 모습을 보니 '그러고 보니 날짜는 안 정했지만 놀러 와서 자고 가기로 했었지.' 하는 생각이 떠올라 단숨에 뺨으로 열기가 치밀어 오른다.

이런 상태로 마히루를 옆에서 재웠다간 이성이 위태로울 것 같다. 착 달라붙어서 미소를 지으면 손대지 않을 자신이 없었다.

"잠옷은 두꺼운 걸로 부탁해."

"지금 계절에 그러면 더운데요……."

"내가 곤란해."

"하늘하늘한 건 싫어요?"

"뭘 당해도 좋다면야. 마음대로 해."

암암리에 그렇게 입고 오면 뭔가 하겠다는 뜻을 담아 대꾸하자, 마히루는 아마네를 빤히 올려다본 다음에 천천히 미소를 짓는다.

"아마네 군이 원한다면, 뭘 해도 좋은데요."

"그건 나도 알지만……."

"할 건가요?"

"젠장. 신뢰에 근거한 말을 들으면 아무것도 할 수 없게 되는 내가 분해."

천진난만한 얼굴로 고개를 살짝 기울이면 아무것도 할 수 없다.

원래부터 할 생각은 없었는데, 이상하게 억울하다. 한 방 먹은 기분이다.

"애초에 경고하는 시점에서 그럴 마음이 없었죠?"

"시끄러워."

"후후. 오늘은 종합적으로 봐서 제가 이겼어요."

짓궂게 웃으면서 "매번 제가 당하기만 하는데요."라고 말하는 마히루에게, 아마네는 "아, 진짜 귀여워 죽겠네."라고 원망보다 못한 칭찬을 전한 다음 승자에게 가볍게 입을 맞췄다.

이것만으로 마히루의 얼굴이 새빨개지고 말문을 막아서 승리를 흐지부지하게 만들 수 있으니까, 참 귀엽다.

"그건, 치사해요."

"난 몰라."

"결국 항상 제가 지잖아요……."

"그렇지 않아. 기본적으로는 마히루에게 홀딱 반해서 지고 있으니까 용서해 줘."

마히루는 항상 지고 있다고 말하지만 그렇지 않다. 항상 마히루의 귀여움에 시달리는 아마네로선 가끔 승리를 양보해 주길 바란다.

홀딱 반했다는 말을 듣고 "그러면 어쩔 수 없네요……."라며 뺨을 붉히고 시선을 내리는 마히루에게, '그런 말로 넘어가 주는구나.' 하고 작게 웃는다.

그 미소가 흐뭇함에서 나오는 것이라고 들키기 전에 마히루를 부둥켜안고, 그 얼굴을 아마네의 가슴에 밀착시켰다.

마히루는 그래도 행복한지 몸을 조금 뒤척여서 아마네에게 몸을 기댄다.

아마네를 믿으니까 이렇게 어리광을 부리는 것이리라. 그것을 아니까 아까와는 다른 흐뭇함에 입가가 느슨해졌다.

"어리광쟁이구나."

"아마네 군이 그래도 된다고 했어요."

"그래. 얼마든지 그래도 돼."

"그러면 제가 타락한 사람 같은데요……."

"내가 그렇게 됐으니까, 나도 그렇게 만들어 줄게."

"그런 건 갚아 주지 않아도 돼요."

마히루가 고개를 들고 "아이참." 하고 살짝 뾰로통한 기색을 보였다. 이번에는 상냥하고 가볍게 이마에 입술을 대자 펑 소리를 낼 기세로 얼굴을 붉힌다.

"그런 걸로 얼버무릴 수 있다고 생각하는 거 같아요."

"싫어?"

"싫지는 않은데요…… 으음……."

나지막하게 "치사해요."라고 중얼거리고 아마네의 가슴에 이마를 대고 문지르는 마히루를 보고 다시 웃고, 조금 헝클어진 머리를 손가락으로 정성스럽게 정돈한다.

손으로 빗어도 금방 원래 상태로 돌아가는 살랑살랑 매끈매끈 스트레이트 헤어는 만지는 느낌이 매우 좋아서 머리 모양을 고치고도 계속해서 만지고 만다. 마히루가 싫어하지 않고 오히려 기뻐하는 기색이라서 그만두지는 않지만.

고양이를 무릎에 앉히고 귀여워하는 것 같다고 생각하면서 쓰다듬고 있자니, 마히루도 마음이 싹 편해졌는지 아마네의 몸에 얼굴을 대고 문지르고 있다.

"행복하네요. 이렇게 아마네 군의 고향 집에서 느긋하게 지내는 게."

"잘됐네. 우리 부모님 댁에 와서 즐거울지 불안했거든."

"후후, 돌아가기가 아쉬울 정도예요."

오기 전에는 마히루가 아마네의 고향 집이 어색해서 마음이 불편하면 어쩌나 싶었는데, 괜히 걱정했나 보다.

"마히루도 우리 부모님 댁이 완전히 익숙해졌단 말이지."

"시호코 씨와 슈토 씨가 잘 챙겨 주신 덕분이에요."

"우리 부모님은 나보다 마히루를 더 귀여워하니까."

"마음 상했어요?"

"안 상했습니다."

시호코나 슈토가 마히루를 챙길 것은 오기 전부터 다 예상했고, 마히루가 아마네와 함께 있어 주려고 하니까 더는 마음이 상하진 않는다.

물론 부모님이 모두 딸에 대한 기대와 호감도가 너무 높은 것 같지만, 고대했던 존재라 그 마음도 이해할 수 있다.

"후후, 그래요? 상심했으면 꼭 안아 주려고 했는데요."

"상심해야 해 줄 거야?"

"아니요. 아마네 군이라면 언제든지."

"그러면 그 말을 믿어도 될까?"

"그러세요."

잠시 기대는 것을 그만두고 자신을 향해 팔을 벌린 마히루를 보고, 아마네는 어쩔 줄 몰라서 입술을 꾹 다물었다.

아마도 안기라는 뜻이겠지만, 안 그래도 마히루의 몸에는 굴곡이 많다. 그러면서도 균형이 잡힌 몸매인데, 지금은 오프숄더 원피스 차림이다.

  얼굴을 묻으면 행복하겠지만, 여러모로 흔들리는 부분이 생길 것이다.

  하지만 남친이라면 이 정도는……이라고 유혹하는 악마가 아마네의 마음속에 있었다.

  아무것도 하지 않으면 된다, 만끽하는 정도는 괜찮다──. 그렇게 충동질하는 욕망 때문에 아마네는 작게 신음했다.

  매력적인 유혹에, 아마네는 저항할 수 없었다.

  팔로 마히루의 등을 감싸고 노출된 상반신에 얼굴을 묻는다.

  조금만 얼굴을 아래로 이동시키면 부드러운 언덕에 파묻힐 것이다.

  아마네의 지금 내성으로 차마 그럴 수는 없었고, 매끄러운 쇄골 언저리와 부드러운 하얀 피부에 입술을 대고 마히루에게서 풍기는 달콤한 향기를 만끽한다.

  마히루는 조금 간지러운 눈치지만, 싫어하는 기색은 전혀 없다. 오히려 기꺼이 아마네를 감싸고는 어린아이를 귀여워하듯 보듬고 쓰다듬고 있다.

  “후후, 아마네 군도 어리광쟁이예요.”

  “시끄러워.”

  “어리광을 부려도 돼요. 완전히 타락시킬 거니까요.”

  “이미 타락했어.”

흐물흐물하게 녹는 것 같고, 반대로 마히루가 흐물흐물하게 녹아드는 것 같기도 하다. 서로가 서로에게 어리광을 부리고 녹아들어서, 이제는 서로 없으면 안 되는 영역에 이른 것처럼 느껴진다.

상반신에 드러난 새하얀 피부에 입을 가볍게 맞추면서 올려다보자, 마히루는 키득키득 웃으며 아마네를 끌어안은 채 즐거워하고 있었다.

"아마네 군도 이렇게 보면 작게 느껴져요. 평소에는 크고 믿음직스러운데요."

"그래? 마히루는 작고 가냘픈걸. 쉽게 감싸 줄 수 있고."

"지금은 제가 감싸고 있지만요. 아마네 군이 감싸라고 이렇게 된 걸지도 모르는데요?"

"그러면 내 전용 마히루네."

"네……. 아마네 군은, 제 거예요."

"응."

"후후."

기쁜 듯이 웃으며 살살 쓰다듬는 마히루에게 슬슬 한계를 느낀 아마네는 몸을 조금 일으켜 세워서 목덜미에 입을 맞춘다.

금방 움찔거리며 반응하는 건 그만큼 목이 약하다는 뜻이겠지. 귀도 그렇고 목도 민감한 것 같다.

"우응……. 자국은 남기지 마세요."

"남기진 않겠지만, 키스는 할 거야."

"그, 그것도 간지러워서 곤란한데요……."

"싫으면 밀쳐도 돼."

"치사해요."

토라진 투로 "못 하는 걸 알면서." 라고 말하는 소리가 들리지만, 정말 싫으면 거절할 줄 알고 하는 거니까 문제없다.

한동안 피부에 가볍게 입을 맞추고 있었더니 마히루가 슬슬 그만두길 바라는 느낌으로 등을 찰싹찰싹 때려서 그쯤에서 멈춘다.

품에서 잘 익은 것처럼 뺨을 붉게 물들인 마히루가 눈을 흘겨서 다독이듯 껴안고 머리를 쓰다듬었다.

"이야기가 중간에 샜는데…… 돌아가는 게 싫어?"

지금보다도 더 달라붙었다간 토라질 것 같아서 이야기를 원점으로 돌렸는데, 마히루는 아마네의 말에 어리둥절한 뒤 희미하게 웃음을 지었다.

"아뇨, 그건 아니지만요…… 조금 섭섭하네요."

"그렇다면 다행이야."

"네?"

"그만큼 편했다는 거잖아."

"그, 그런데요?"

"다음에 또 오면 되지. 연말이나, 내년 여름에."

이번에 집으로 돌아가더라도, 아마네는 또 귀성할 것이다. 원래 여름과 겨울 방학 때는 고향으로 내려와서 얼굴을 보이라는 말을 들었으니까 마히루만 괜찮다면 다시 같이 부모님 댁을 찾아와도 된다.

시호코와 슈토도 좋아할 테고, 아마네도 마히루와 오랫동안 떨어지지 않아도 된다.

"또……."

"싫어?"

"아, 아니에요."

"그렇구나. 여기를 고향처럼 생각해도 돼."

"네……."

마히루에게는 돌아갈 곳이 있다. 그렇게 생각하길 바라는 마음도 담아서 속삭이자, 마히루는 서서히 번지는 기쁨을 감추려고도 하지 않고 포근한 미소를 지으며 아마네의 어깨에 얼굴을 묻었다.

제5화 | 또 하나의 작별

태풍이 지난 뒤에는 날씨가 갠다고 했던가. 그토록 집요하게 내리던 비가 그치고, 마음을 불안하게 하던 먹구름은 푸른 하늘에서 자취를 감췄다.

"하루만 더 빨리 지나갔으면 데이트하러 나갈 수 있었을 텐데."

아마네가 어제와는 정반대로 여름답게 맑은 하늘을 거실 창문에서 바라보며 중얼거리자 옆에서 똑같이 하늘을 바라보던 마히루가 슬쩍 웃는 것이 창문에 비쳐 보였다.

"괜찮아요. 지나간 일은 어쩔 수 없고, 옆에 있으면 만족하니까요. 제 옆자리는 아마네 군을 위해서 비워 두었으니까, 다음에 또 외출하면 될 일이에요."

"그렇게 말해 주면 고맙지만…… 옆자리가 비었다고 가끔 치토세가 끼어든단 말이지."

"치토세 양은 예외일 텐데요."

잔잔하게 소리를 내어 웃는 마히루에게, 아마네는 어깨를 살짝 으쓱해 보였다.

그 말처럼 치토세는 마히루에게 예외일 것이다. 성격의 방향성은 다르지만 그게 마히루에게 좋은 영향을 주고, 마히루도 구김살 없는 치토세를 좋아한다.

아마네가 없는 곳에서 어떻게 우정을 키웠는지는 알 수 없지만, 어느새 예상했던 것보다 훨씬 단단한 우정으로 맺어져 있었다.

그건 잘된 일이지만, 가끔 이상한 영향을 받는 건 반갑지 않다.

"후후, 여자한테도 질투하나요?"

"그렇게까지 속 좁아진 기억은 없어. 그냥 뭐, 그렇게 친하면 마음이 좀 복잡하긴 하지만."

"후후…… 치토세 양에게 받은 도움도 있으니까 용서해 주세요."

"용서고 뭐고, 마히루에게 이것저것 참견할 생각은 없지만 말이야. 나도 마히루를 믿고."

사귀는 남자라고 해도 교우 관계까지 참견할 생각은 없다. 치토세와 얼마나 친해졌는지, 어떤 대화를 하는지 등등을 꼬치꼬치 캐묻는 건 사생활 침해일 것이다.

"저도 믿어요. 설령 이성 친구가 생겨도 화내지 않을걸요?"

"내가 그럴 수 있다고 생각하는 거야……?"

"지금의 아마네 군이라면 평범하게 우호적인 관계를 맺을 수 있다고 보는데요."

"그런가?"

확실히 마히루와의 교제를 계기로 같은 반 여자애들이 말을 걸게 되었고, 그 대응에서 실패한 느낌은 없다. 같은 반에서 평범한 교류가 시작된 느낌이다.

우호적인 관계라고 한다면 맞는 말이겠지만, 친구라는 소리를 들으면 고개를 끄덕일 수 없을 정도의 거리다.

명확하게 이성 친구로 부를 수 있는 사람은 치토세 정도고, 이후에도 적극적으로 다른 친구를 사귀자고 생각하지는 않는다.

아마네에게는 지금 있는 관계를 소중히 여기는 것이 중요하다. 그 과정에서 다른 사람과 친해지면 모를까 일부러 적극적으로 교우 범위를 넓힐 생각은 없었다.

"애초에 아마네 군은 이성 친구를 사귈 마음이 조금도 안 보이는걸요."

"왜 내가 여친에게 오해받을 짓을……. 애초에 그랬다간 마히루가 겉으로는 화내지 않아도 몰래 질투할 게 뻔한데."

"으으. 저도 그렇게 마음이 좁지는 않아요."

"하지만 불안해서 울상을 짓는 건 예상할 수 있는걸."

마히루는 애초에 아마네가 다른 여자에게 관심을 주지 않는다고 잘 이해하고 있다. 그리고 아마네 역시 마히루가 자신을 신용하는 것을 잘 안다.

그것과는 관계없이 마히루가 아마네 근처에 다른 여자가 있는 것을 다소 언짢게 여기는 것도 안다.

아마네를 의심하지는 않겠지만, 감정적으로 싫다고 느끼는 것이 훤히 보이니까. 아마네는 마히루가 그런 감정을 느끼지 않게 최대한 조심하고 있었다.

"오해받을 행동은 하지 않을게."

"알아요."

고지식하게 고백하자, 마히루는 수줍은 듯 작게 중얼거린 후 아마네의 팔뚝에 머리를 들이받았다. 아마네는 쑥스러워서 그런다고 알면서도 굳이 지적하지 않고 마히루를 그대로 내버려 두었다.

곁에 있는 마히루가 진정할 때까지 조용히 창밖의 푸른 하늘을 바라보았다.

"이 경치를 볼 시간도 얼마 안 남았어."

작게 중얼거리자 부끄러움을 속으로 가라앉히려던 마히루가 고개를 들어 쳐다본다.

아마네가 마히루에게 시선을 돌리자, 마히루는 체류 일정이 다 끝나가고 있는 것이 생각났는지 "벌써 내일이면 여기를 떠나겠군요."라고 어딘가 아쉬운 듯이 대꾸했다.

체감으로는 여러모로 꽉꽉 채운 귀성이었는데도 실제 달력 날짜보다 짧게 느끼는 건 그만큼 많은 일이 있었기 때문이리라.

"돌아가면 당분간 여기 안 올 거니까. 좀 서운하긴 해."

"저도 모처럼 아마네 군 부모님을 뵈었는데, 벌써 작별해야 하니까 아쉬워요. 잘 챙겨 주신 만큼 더더욱."

"잘 챙겼다고 할까, 두 분이 마음 내키는 대로 했다고 할까……."

"후후, 저는 그게 좋았어요."

친아들보다 마히루를 예뻐하던 기억을 떠올리고, 마히루가 기뻐해 준 것에 뿌듯함을 느꼈다.

마히루의 집안 사정을 생각하면 원만한 가족을 동경하는 구석이 있을 테니까 그 욕구를 충족시킨 것이 기쁘다. 대리 만족이라 표현하는 것은 어폐가 있지만, 아마네의 고향 집에 와서 조금이라도 가족의 온기를 느낄 수 있었다면 그건 좋은 일이겠지.

"여기와도 벌써 작별해야 하네요. 낯선 곳을 혼자 돌아다니는 걸 꺼려서 아마네 군의 가족들과 함께할 때 말고는 밖에 나가지 않았지만, 조금만 더 둘러보고 싶었어요."

"그럼 산책하러 나갈까?"

지난번 산책은 토죠가 나타나 중단하는 바람에 멀리 둘러보지 못했다.

그 만남 자체는 결과적으로 좋은 것이었지만, 산책한다는 점에서 보면 실패로 끝난 셈이다.

"그, 그래도 돼요? 제가 억지를 쓴 건데……."

"그게 어딜 봐서 억지야. 고작 산책인데. 나도 마지막으로 보려고 잠시 외출할 작정이었어."

마히루를 의식해서 그런 것이 아니라 아마네 자신이 바람이나 쐬러 밖에 나갈 참이었다. 마히루가 가세하는 데는 아무런 문제가 없다.

오히려 지난번 산책을 이어서 마저 할 수 있으니까 좋기만 하다.

환영 무드인 아마네를 본 마히루는 눈을 크게 깜빡인 다음 수줍음이 섞인 듯 은은한 미소를 살포시 짓는다.

"그러면 갈게요. 여기 있을 시간도 얼마 안 남았으니까 기왕이면 아마네 군이 태어나고 자란 동네를 다시 한번 보고 싶습니다."

"뭐, 저번 산책은 해프닝이 있었으니까."

"아마네 군이 그렇게 생각할 수 있게 되어서 다행이에요."

"이젠 신경 안 쓴대도."

"알지만요."

"뭐, 설사 상처받더라도, 마히루가 치유해 준다고 하니까."

"저라도 괜찮다면 얼마든지 치유해 주고 다 받아들여 줄 건데요?"

"그렇게 다 받아주면 타락하니까 적당히 해."

아마네 자신은 요새 성실해졌다고 생각하게 되었는데, 마히루가 진심으로 다 받아주려고 들면 참을 수 없는 유혹에 타락해 버린다.

애써 자기 자신을 다스리는 법을 배웠는데, 마히루의 행동 하나로 전부 날아가는 것은 피하고 싶다.

"지금의 아마네 군은 타락 수준이 부족해서 다 받아주는 정도가 딱 좋은데요."

"어디를 목표로 하는 거야, 마히루는."

"아마네 군한테만 하는, 아마네 군 전용 회복제인데요?"

마히루가 순진하게 생긋 웃지만, 천진난만해야 할 그 미소에서 왠지 모를 요염함을 감지하는 것은 아마네의 마음이 불순하기 때문일지도 모른다.

어리광을 부리고, 치유받고 싶다는 내면의 욕구를 간파당한 것 같아서, 아마네는 마히루로부터 눈을 돌렸다.

"그러십니까……."

"지금 부끄러워한 거죠?"

"시끄러워. 자, 준비하고 나가자."

"후후, 네~."

마히루는 조금 전의 복수에 성공해서 기쁜 목소리를 냈다. 아마네는 뺨 안쪽을 살짝 깨물고 부끄러움으로 얼굴이 일그러지는 것을 참으며 시선을 돌렸다.

아마네는 딱히 꾸미지 않아도 금방 나갈 수 있지만, 마히루는 그럴 수 없다.

외출용 옷으로 갈아입고 부지런히 자외선 차단제를 바르고 있다. 이렇게 자외선을 차단하지 않으면 살이 금방 타서 새빨개지고 피부가 벗겨진다고 해서 몹시 정성껏 바르고 있다.

그 모습을 느긋하게 바라보고 있었더니 마히루가 "아마네 군도요."라고 눈을 흘기고 자외선 차단제를 내밀어서, 순순히 그 호의를 받아들이기로 했다.

"아마네 군은 조금 더 신경을 쓰는 게 좋아요. 피부가 약하지 않더라도 햇빛은 강하니까요."

"아니, 밖에 자주 나가게 되면서 예전보다 살이 탄 편인데. 그리고 너무 하얘도 건강하게 보이지 않으니까."

"피부가 타는 건 화상이니까 불필요하게 태울 필요는 없어요. 살을 그을리게 하고 싶어도 이렇게 강한 햇볕에 그럴 필요는 없으니까요. 심하면 물집이 생기는걸요?"

오늘은 극단적으로 햇볕이 센 것은 아니지만, 날씨가 정말 맑다. 예방해서 나쁠 일은 없다며 마히루가 정성스럽게 자외선 차단제를 발라 줘서, 아마네는 눈을 감고 "알았어."라고 대답했다.

자외선 차단제를 바르는 통에 얼굴을 잔뜩 만져진 아마네는 왠지 모르게 만족스러운 눈치인 마히루의 손을 잡고 밖으로 나갔다.

곧바로 나른한 열기가 덮치니까, 냉방이라는 문명의 이기는 위대하다고 다시금 감탄했다.

역시 한여름 대낮이면 무척 덥다. 모자를 썼다고는 해도 눈이 부시고, 살을 지글지글 태우려고 열을 내뿜는 햇살을 느낀다.

"역시 덥군요."

밀짚모자에 팔토시, 작다고는 해도 양산까지. 마히루는 철저하게 자외선 대책을 세웠지만, 몸집이 작은 만큼 더위를 느끼기 쉬울 것이다.

"그만 돌아갈까?"

"아니요. 모처럼 이곳에서 마지막으로 외출하는 거니까 즐기고 싶어요. 아마네 군은 양산이 없어도 되나요?"

"돌아오는 길에 장을 보면 짐이 늘어날 테니까, 오늘 햇빛 정도면 없어도 괜찮을 것 같아."

아마네가 양산을 쓰고 마히루 옆에 서면 양산끼리 부딪칠 수 있고, 나란히 걸으면 다른 보행자에게 방해가 될 수도 있다.

마히루만큼 살이 타는 것에 신경을 쓰지 않으니까 선크림을 바르면 충분할 것으로 판단했다.

게다가 한 손을 비워야 마히루가 기뻐할 것이다.

슬그머니 손을 잡은 아마네를 마히루가 쳐다보지만, 시치미를 뚝 떼고 "왜?"라고 물어봤다. 그러자 마히루는 조금 수줍은 눈치로 시선을 내린 뒤 느릿하게 고개를 저었다.

© Hanekoto

양산을 관통한 햇빛이 뺨을 붉게 물들인 것은 굳이 언급하지 않고서, 아마네는 희미하게 웃으며 마히루의 손을 잡고 걷기 시작했다.

"지난번 산책 때와는 반대 방향으로 와 봤는데, 어느 쪽이든 별로 재미있는 건 없어."

이번 외출은 지난 산책과는 반대 방향으로 발걸음을 돌렸지만, 애초에 부모님 댁은 한적한 주택가에 있어서 눈여겨볼 가게나 시설은 근처에 없다.

걸어가면 평범한 가정집이나 편의점, 놀이기구가 조금 있는 공원 정도가 있지만, 마히루가 좋아할 만한 것은 없다.

다만 마히루는 아마네가 생각하는 것보다 이 광경에 신기함을 느끼는 듯, 캐러멜색 눈동자가 반짝반짝 빛나는 것처럼 보였다.

"그래요? 낯선 곳은 산책만 해도 즐겁던데요? 개인적으로는 모르는 동네의 슈퍼를 가 보면 집 근처의 물건과 구색이 달라서 즐거워요."

"참 마이너한 부분에 주목하는걸. 그야 다른 지역으로 넘어가면 상품 구성이 바뀌는 곳도 있으니까 그 차이를 구경하면 재밌을 테지만."

"후후, 이 지역은 뭐가 싼지, 뭐가 잘 팔리는지 보는 재미가 있어요. 현지 한정 상품을 보면 사고 싶어져요."

"저기 가서 사 볼래?"

그렇게 말하면 마히루에게 그 광경을 보여 주고 싶어진다. 마침 근처에 슈퍼마켓이 있어서 손짓해 보는데, 마히루는 느릿하게 고개를 흔들었다.

"아니요, 산책 초반에 짐을 늘리는 건 바람직하지 않으니까요. 게다가 손에 물건을 들면, 그게."

도저히 말하기 어려운 듯이 마히루의 목소리가 점점 작아진다. 마히루가 무슨 생각인지 다 간파한 아마네는 잡은 손을 간지럽히듯 손가락으로 어루만진다.

"한 손은 비워 둘 건데?"

"돼, 됐어요. 지금은, 자유로운 쪽을 제 마음대로 잡을 수 있으니까요."

"그렇구나."

마히루가 그렇게 말한다면, 더 말할 필요는 없을 것이다.

양산이 닿지 않게 조심하면서 손을 딱 잡는 마히루를 귀엽게 여기면서, 아마네는 마히루가 만족할 수 있게 내버려 뒀다.

길 가던 사람들의 시선이 느껴지지만, 마히루의 곁을 걸으면 당연한 일이어서 이제는 익숙해지고 있다.

우연히 같은 동네에 사는 어머니 시호코의 지인들과도 눈이 마주쳤는데, 웃으면서 고개를 꾸벅 숙여 인사하자 방해하면 안 된다고 생각했는지 아마네에게 말을 걸지는 않았다. 나중에 어머니의 귀에 소문이 들어갈 것을 생각하면 우울해지지만, 이것만큼은 어쩔 수 없다.

뭐, 어머니의 귀에 정보가 들어갔을 무렵에는 아마네와 마히루가 귀가했을 테니까 당장 큰 문제는 없을 것이다.

조금 살가운 표정을 지으면서 마히루의 손을 잡아서 끌자, 마히루가 아리송한 기색으로 쳐다봤다.

"무슨 일 있어요?"

"아무 일도 없어. 아무튼, 이쪽에 내가 다니던 초등학교가 있어."

마히루가 알면 인사하고 가지 않아도 되겠냐고 말할 것 같아서, 화제도 바꿀 겸 진행 방향에서 눈에 띄는 건물을 찾아내 마히루의 시선을 그쪽으로 돌렸다.

실제로 마히루는 아마네가 살던 동네를 보고 싶다고 했으니까, 어린 시절을 보낸 초등학교는 딱 좋을 것이다.

마히루가 흥미를 보인 것을 확인하고 나서 아마네도 모교로 시선을 옮겼다. 학생들에게 개방된 듯한 운동장에서 놀고 있는 아이들 모습이 펜스 너머로 보였다.

벌써 4년은 들른 적이 없는 모교지만, 밖에서 보기에는 자신이 기억하는 광경과 크게 다르지 않다. 달라진 점이라면 낡은 놀이기구 일부에 사용 금지 안내문이 붙은 정도일 것이다.

"뭐, 역시 외부인은 들어갈 수 없지만 말이야. 옛날에는 저렇게 친구들과 뛰어다녔지."

"아마네 군은 초등학생 때는 개구쟁이였지요?"

"개구쟁이라고 할까. 기운이 넘치는 아이였을 거야. 지금처럼 실내파는 아니었지. 실내에서 하는 놀이도 좋아했지만, 밖에서 친구들과 놀거나 부모님에게 잡혀서 이곳저곳을 놀러 다녔어."

초등학생 시절의 아마네는 정말이지 잘 먹고 잘 웃고 잘 노는, 건강하고 활기찬 아동의 전형과도 같은 존재였다.

동네 또래 아이들과 천진난만하게 잘 놀다가 옷을 흙투성이로 만들고 귀가해서 부모님께 혼나기도 했다. 지금의 아마네로선 상상할 수 없을 만큼 순수한 아이였다.

"지금은 상상할 수도 없는걸요."

마히루도 똑같이 생각했는지 즐겁게 웃으며 소감을 말해서, 아마네는 조금만 입술에 힘을 주면서 잡은 손을 부드럽게 주물러 앙갚음했다.

"그런 시절이 있어도 되잖아. 지금은 운동만 아니면 집에서 느긋하게 지내는 게 좋으니까 말이야. 놀러 오는 친구도 한정되고."

"그렇게 말하면, 저는 교우 관계가 넓고 얕아서 개인적으로 같이 노는 친구도 적은걸요."

자조하지 않고 시원하게 고백하는 마히루는, 교우 관계는 넓지만 담장 안쪽으로 들이는 사람은 거의 없는 타입이다.

천사님처럼 행동해서 깊은 교우 관계가 없이, 그저 모두에게 사랑받는 이상적인 소녀로서 누구든 관계를 느슨하게 맺고 교류하고 있었다.

지금은 그 천사님의 가면이 조금 벗겨져 같은 반 여자들에게는 조금 순진하고 수줍음을 많이 타는 모습을 어렴풋이 보이게 되었다.

같은 반 아이들이 지금의 마히루를 호평하는 것은, 누구에게도 상냥한 것 같으면서 아무도 가까이 들이려고 하지 않는 완벽함이 줄어들었기 때문이리라.

"그런데 요즘은 치토세랑 같이 다른 애랑도 놀잖아. 가까이

가기 쉬워져서 그런 거겠지만."

"그, 그러면 다행인데요……. 그건 그렇고, 아마네 군과의 이야기를 자주 물어봐서 조금 곤란해요."

"이상한 소리는 안 했지?"

마히루는 익숙해지면 종종 무심코 말실수할 때가 있으니까 주위에 이상한 떡밥을 주지 않게 조심했으면 좋겠다. 주로 치토세에게 흘러가서 아마네가 민망할 때가 있다.

"적나라하게 이야기할 정도의 관계는 아니고요. 역시 그게, 말하는 건 부끄러워서…… 치토세 양이라면 또 몰라도."

"치토세한테는 말하는 거야?"

"조, 조금만요. 다 말하진 않아요."

"정말로?"

"저, 정말이에요."

허둥대는 마히루가 왠지 수상하지만, 아마네로선 너무 끈질기게 묻는 것도 좋지 않을 테니까 "그러면 다행이고."라고 웃으며 대꾸했다.

"뭐, 그 조금이 얼마나 되는지 궁금하지만, 마히루가 말해도 된다고 생각한 범위를 믿을게."

"그러는 아마네 군은 아카자와 씨한테 안 말해요?"

그러는 당신은 어떠냐고 눈빛으로 물어봐도, 아마네는 켕기는 구석이 없다.

"기본적으로는 말하지 않아. 염장 지른다고 질색할 게 뻔하거든."

아마네는 중요한 부분은 상의하지 않거나, 상의해도 일부러 두루뭉술하게 말하는 타입이라서 정보를 많이 주지 않고 있다.

비밀주의라서 그런 건 아니다. 알려지면 민망하기 때문이다.

"저만 혼나는 거 같아요."

"혼내는 거 아니야. 마히루는 보통 뭔가 상담하면서 불쑥 흘리는 걸 테니까."

"그렇게까지 예상하면 마음이 복잡해요."

"평소의 행실을 생각해야지."

치토세한테 '마히룽이 그러는데~.' 라는 소리를 들을 일이 많다 보니까 마히루가 얼마나 자주 말실수하는지는 뼈저리게 알고 있다. 그것을 탓할 생각은 없지만, 너무 많이 들으면 아마네가 부끄러워 죽을 것 같으니까 가능하면 중요한 일은 말하지 않았으면 좋겠다.

조심하라는 뜻이 담긴 시선에 마히루가 미묘하게 삐친 듯 못마땅한 표정을 지어서, 아마네는 살짝 쓴웃음을 지으며 그 손을 잡아당겼다.

"그런 표정 짓지 마. 자, 가자."

초등학교 앞에서 오래 서 있으면 수상한 사람으로 의심받을 수 있다.

마히루는 순순히 따르지만, 아직 불만이 있는 눈치다. 그래서 아마네가 다른 손으로 가볍게 쓰다듬어 주자 간지러운 듯이 눈을 희미하게 뜬다.

그대로 천천히 뺨을 쓰다듬자 평소보다 열을 느껴서, 혹시 밖에 나온 탓일까 싶어 무심코 꼭 잡고 체온을 확인했다.

"좀 뜨거운데, 몸은 괜찮아."

"네? 아, 열사병 징후는 없어요. 더우니까 체온은 올라가지만요. 그러는 아마네 군이야말로 열을 더 많이 받을 텐데요. 저는 양산이 있지만, 아마네 군은 모자밖에 안 썼으니까요."

마히루가 "아마네 군이야말로 괜찮아요?"라며 앞머리를 넘기듯이 손으로 이마를 만지는데, 아마네는 원래부터 체온이 높아서 손으로 만지기만 해서는 잘 모를 것이다.

땀이 조금 밴 피부에 손을 댄 마히루가 "아마네 군도 조금 뜨거운 것 같은데요."라며 웃는다.

"서로 조금 쉬는 게 좋을 것 같아요. 날씨가 이렇게 더우니까요."

"그래. 손, 놓을까?"

손은 여전히 잡은 상태여서 어떻게 할지 물어보듯 들어 올리자, 마히루는 손을 놓으려고 하지 않고 오히려 더욱 꼭 잡으려고 손가락 위치를 미세하게 조정했다.

"저기, 그게 있죠. 아직, 놓고 싶지 않은데요."

"땀이 나는데."

"싫어요……?"

"아니야, 마히루만 불쾌하지 않으면 돼. 저쪽에 카페가 있으니까 거기까지는 손잡고 갈까? 가게 안에선 사람들이 보니까."

가게 안에서 이렇게 접촉하고 있으면 다른 데 가서 하라는 시선을 받을 게 뻔하므로, 일단은 그때까지 하자고 정해 둔다.

그런데도 마히루는 꼭 잡은 손을 놓지 않겠다는 듯 단단히 힘

을 주고 있어서, 혹시라도 무슨 일이 생긴 게 아닐까 의심하고
만다.

"무슨 일 있어?"

"아니요, 그게…… 평소에는 제가 체온이 더 낮으니까, 이렇
게 비슷한 체온으로 접촉하고 있으면, 왠지 모르게 녹아서 섞이
는 것 같아서, 좋아요."

"마히루…… 다른 데서는 절대로 그렇게 말하지 마."

"네? 갑자기 무슨 소리죠?"

"이유는 됐고. 정말 위험하거든?"

본인에게 그럴 의도가 전혀 없는 건 알지만, 멋대로 다른 의도
를 끌어낼 것처럼 위험천만한 발언이다. 아마네는 아리송한 기
색을 보이는 마히루의 입을 다물게 하기 위해서라도 조금 억지
로 손을 잡아끌고 걷기 시작한다.

막무가내로 그러는데도 왠지 아까보다 더 기쁜 눈치인 마히루
때문에, 아마네는 다른 의미로 열사병에 걸릴 것 같았다.

"아, 이것 보세요. 아마네 군, 불꽃놀이를 한대요."

카페에서 잠시 휴식한 다음 다시 주변을 어슬렁거리다가, 집
으로 돌아오는 길목에 있는 전봇대에서 광고지를 발견한 마히
루가 조금 밝은 목소리를 냈다.

최근에 붙인 듯 얼룩이나 흠집이 적은 광고지에는 근처의 큰
상가에서 여름 축제와 불꽃놀이 이벤트를 동시에 개최한다는
내용이 적혀 있다.

초등학교 시절에는 매년 갔지만, 중학생이 된 뒤로 간 기억이 없다. 정신적으로 그럴 여유가 없었던 것도 있지만, 부모님과 함께 가는 것이 부끄러워졌다는, 지금 생각하면 귀여운 이유 때문이다.

"그러고 보니 어디든 여름 축제니, 불꽃놀이니 해서 축제 분위기지? TV에서 봤어."

그리운 기분이 샘솟아 광고지를 보니 아마네와 마히루가 이곳을 떠나 집으로 돌아간 뒤에 개최한다는 사실을 깨달았다.

"이 동네의 여름 축제는 우리가 돌아간 다음에 하네요. 아쉬워요."

"이것만큼은 어쩔 수가 없어. 여름 축제에 가 보고 싶었어?"

"가 본 적이 없으니까 구경하고 싶긴 했어요. 하지만 시간이 안 맞으면 어쩔 수 없어요. 게다가 가지 않더라도 저는 아마네 군의 곁에서 지낼 수만 있다면 만족하고요."

"그런 기습 공격은 하지 마시죠."

마히루가 아마네의 옆자리를 선호하는 건 알지만, 당연하다는 듯이 말하는 것을 들으면 역시 낯부끄러운 기분이 든다.

"제 마음은, 항상 곁에 있기를 바라니까요."

"나도 알지만 말이야……."

"후후."

아마네가 조금 허둥대는 것이 기쁜 기색으로 웃는 마히루를 보고 입을 꾹 다문 다음 다시 광고지를 보았다.

불꽃놀이나 여름 축제라는 것은 대체로 어느 동네든 일정을 비슷하게 잡는다. 지역마다 일정이 다르게 조정하는 일은 더더욱 고려하지 않겠지.

아마네가 사는 동네에도 여름 축제 정도는 있을 것이다.

돌아가면 여름 축제의 정보를 알아보고, 어머니에게 짐을 도로 부쳐 달라고 하는 김에 유카타도 보내게 하자고 마음먹는다.

실망하면 안 되니까 정말로 갈 수 있는 일정인지 확인하고 예정도 비운 다음 마히루에게 말을 꺼낼 작정이다.

잊지 말자고 마음에 새기면서 느긋한 걸음으로 다시 집을 향해 걷는데, "아!" 하고 앳된 느낌이 강한 목소리가 들렸다.

의식하지 못한 목소리여서 무슨 일이냐고 걸음을 멈춘 순간 아마네의 배에 작은 충격이 퍼지고, 옆에서 "어?"라고 귀에 익은 마히루의 톤이 높아진 목소리가 들려온다.

넘어질 정도의 충격은 아니어도 갑작스러운 충격에 경직한 아마네가 조심스럽게 아래를 보니 어린아이가 배를 들이받은 후였다.

"아마네 오빠!"

고개를 번쩍 들면서 보인 얼굴이 낯익어서, 아마네는 놀라면서도 쓴웃음을 짓는다.

"오~ 하나다네 동생이구나. 오랜만이야, 잘 지냈어?"

모르는 아이라면 당황했을 테지만, 낯익은 얼굴이라 경계심이 풀린다. 낯익은 얼굴이라고 해도 아마네가 기억하는 것보다 훨씬 성장했지만.

이제야 열 살이 될락 말락 한 소녀는 아마네의 말에 천진난만하게 웃는다.

옆에 있는 마히루는 낯선 소녀가 아마네를 껴안았다는 사실에 당혹감을 감추지 못하는 듯 맞잡은 손에 힘을 주고 있다.

"저기 아마네 군, 이 애는."

"아, 미안해. 놀랐지? 이 아이는 내 소꿉친구……라고 할 정도는 아니지만, 그럭저럭 알고 지낸 동창의 여동생이야. 옛날에 자주 놀았거든."

사실은 같은 반이었던 그 동창이 아마네에게 동생의 놀이 상대를 떠넘긴 거지만, 자기보다 어린 꼬마와 순수하게 노는 것도 싫지는 않아서 정기적으로 놀아 주었다. 나이가 일곱 살이나 차이가 나서 잘 돌봐야겠다는 생각이 든 것도 큰 이유다.

그런 일도 아마네가 그 지인과 소원해진 이후로는 거의 없어져서, 이렇게 이 소녀와 제대로 이야기하는 건 오랜만이다.

"오빠가 좀처럼 여길 오지 않았잖아! 그러니까 오랜만이지!"

"미안해. 오빠도 사정이 있어서 말이야. 그나저나 오랜만인데도 용케 나를 알아봤네."

"오빠라면 아는걸? 멀리서 봐도 오빠라고 알아보니까."

"그럼 다행이고. 야, 가만히 있어. 버릇없잖아."

마지막으로 만난 것은 아마도 이 아이가 일곱 살 전후일 텐데, 기세와 활기는 그때와 변하지 않아 순진하게 들러붙기 때문에 옆에 여친이 있는 몸으로서는 난처하다.

마히루도 당연히 이것을 다른 여자와 바람을 피우는 것으로 보지 않을 것이라고 믿지만, 언짢게 여길 가능성이 있어서 조심스럽게 시선을 돌린다. 그러자 마히루는 아직도 어안이 벙벙한 기색이었다.

"혹시나 해서 묻겠는데, 이것은 오해받는 행위입니까?"

"글쎄요. 아무리 그래도 아마네 군에게 그런 취미는 없다고 이해하지만…… 정말 놀랐어요."

이건 어쩔 수 없는 일이니까 만약 마히루가 오해했다면 설명과 사과가 필요하겠지. 그런 걱정을 했지만, 당연히 마히루도 아마네가 초등학생 아이를 그런 대상으로 보는 일은 있을 수 없음을 잘 아는 듯했다.

그래도 여자애가 잘 따르는 사실에는 당혹감을 감추지 못하는 기색이지만.

하나다의 여동생은 아마네가 슬그머니 몸에서 밀어낸 것이 못마땅한 눈치였지만, 옆에 있던 마히루의 존재를 뒤늦게 깨닫고 큰 눈을 더욱 휘둥그레 떴다.

"아마네 오빠, 이 언니랑 아는 사이야?"

"저기, 저는……."

"내 여자 친구야."

일단 알아들을 나이겠거니 싶어서 관계를 간단히 설명하자, 소녀가 동그란 눈동자가 튀어나올 기세로 눈을 번쩍 떴다.

"여자 친구…… 애인이야?"

"그래, 내 소중한 애인이야."

가장 알아듣기 쉬운 설명으로 소개하자 당당하게 애인이라고 밝힌 말이 쑥스러웠는지 마히루가 뺨을 붉게 물들였다. 몸을 조금 숙여서 하나다의 여동생에게 "안녕하세요." 하고 참으로 기분 좋게 미소를 짓는다.

인사를 받은 하나다의 여동생은 잠시 굳어 있다가 뒤늦게 이해했는지 몸을 휘청거렸다.

"거, 거짓말이야……. 오빠에게 애인이……."

"왜 그렇게 놀라는 거야……."

"우리 오빠는 여자 데리고 온 적이 없는걸……. 오빠와 아마네 오빠는 동지라고, 우리 오빠가 그랬는데……."

"이것만은 인연 나름이니까."

모르는 사이에 솔로 부대가 결성되었나 보다.

곰곰이 생각해 보면 고향 집 근처에 있으니까 동네 친구였던 하나다의 집도 근처에 있고, 그 동생을 만나는 것 자체는 하나도 이상하지 않다. 친구 본인을 만날 수도 있다는 뜻이다.

"오빠는 잘 지내?"

"잘 지내. 지금은 밖에 나갔으니까 조만간 돌아올걸?"

"그렇구나."

그 말에 아마네가 조금 안도한 것은 만나기 싫다는 부정적인 감정 때문이 아니다. 만났을 때 어떻게 접해야 할지 가늠하기 어려운 탓이다.

그 마음속 안도를 알아차렸는지, 앳된 얼굴에 조금 불안한 기색을 드러낸 하나다의 여동생이 가만히 아마네를 올려다보았다.

"아직 우리 오빠가 싫어?"

하나다 본인에게 무슨 말을 들었을지는 모르지만, 아마네가 하나다를 싫어하게 되었다고 생각한 것이리라.

"싫어지지는 않았어."

단지, 친구가 지인이 되었을 뿐이라고 말하면 될까.

싫어진 것도, 원망하는 것도 아니다.

다만 마음이 차분해지고 맑아진 결과, 지금도 친구라고 단언하기에는 연결 고리가 희미하고 약해졌다.

서로 인연을 풀어 버렸다고 하는 것이 맞을지도 모른다.

그때 하나다는 자신의 안전을 우선했다. 고립되어 가는 아마네에게 도움의 손길을 내밀기보다는 자신이 배척당하지 않는 길을 선택했다.

당연하겠지. 학교라는 사회는 작고, 그 안에서 큰 흐름에 저항하는 것은 어려운 법이다.

게다가 그때 도움의 손길을 내밀었어도 다른 사람을 믿지 않게 된 아마네는 거부했을 것이다. 불안해서 심한 말을 내뱉고, 상대에게 상처를 주고, 연결 고리를 끊는 일을 했을지도 모른다.

그러니까 연결 고리가 희미해지고 소멸한 것은 나쁜 일이 아니다. 악의를 가지고 끊은 게 아니라 그냥 풀리고 떨어져 버렸다. 그게 전부다.

"그럼 오빠랑 사이좋게 지낼 거야?"

"글쎄. 하나다가 하기 나름이고, 그래도 변하진 않고 원래대로 돌아가지도 않을 거야."

거짓말을 해서 나중에 슬프게 할 정도라면 차라리 지금의 속마음을 말하려고 하자, 하나다의 여동생은 난처한 듯 눈썹을 축

늘어뜨렸다.

아마네는 자기가 한 말을 철회할 생각이 없었다.

서로 사과해도 소원해지기 전의 관계로는 돌아가지 않는다. 잘린 끈을 묶어도 완전히 원래대로 돌아가진 않는다. 응어리라는 이름의 매듭이 생길 게 뻔하다.

그걸 못 본 척해도, 머지않아 다시 풀리거나 뜯어지는 결말을 맞이하리라.

하나다의 여동생은 뭔가 할 말이 있는 투였지만, 그 말을 하기 전에 시선이 아마네의 등 뒤를 향했다.

"카나메, 누구랑 얘기하는⋯⋯."

뒤돌아보니 그리운 얼굴이 보였다.

"오랜만이야⋯⋯."

딱히 다툼이 있어서 멀어진 것이 아니니까 분위기를 바꾸지 않고 시선을 돌리자 어딘가 난처한 듯한 목소리가 들려왔다.

어색하다는 것이 알기 쉽게 전해져서, 아마네는 무심코 웃고 말았다.

"오랜만이네. 제대로 얘기한 건 2년인가 3년 만인가. 잘 지내는 것 같아서 다행이야."

"그건 내가 할 소린데⋯⋯ 생각했던 것보다 건강해 보이는걸."

"그야 건강하지. 오히려 신체적으로는 옛날보다 훨씬 건강해졌는데?"

"와, 많이 자란 녀석이 자랑이네. 뭐, 옛날에는 죽을 것처럼 말라빠졌으니까."

"그때는 어쩔 수 없었을 것 같은데."

"그랬지……."

옛날 일을 떠올리면 아무래도 어두워져 버리는 하나다에게 어깨를 으쓱하고, 아마네는 마히루를 힐끗 본다.

아마도 지금부터 하나다의 여동생에게는 들려주지 말아야 할 이야기를 할 텐데, 마히루에게 데려가 달라고 말하기도 어려울 것이다.

"카나메, 이 누나한테 우리 집 마당을 안내해 줘. 엄마의 정원이나 자랑해 주라고. 아무도 안 본다고 한탄했잖아."

"오빠는, 아마네 오빠랑 할 얘기가 있어?"

"그래, 남자들끼리 할 얘기가 있으니까."

둘이서 이야기하고 싶다는 의도를 이해했는지, 하나다의 여동생은 눈썹을 조금 숙인 뒤 "네~."라고 대답하고 마히루의 손을 잡았다.

"언니, 저쪽이야."

"아, 아마네 군…… 저기, 나중에 봐요."

"그래, 이따 봐."

마히루도 신경을 써 줬는지 순순히 하나다 여동생에게 끌려간다.

단둘이 남고, 하나다는 쓴웃음을 지었다.

"쟤는 여자 친구야?"

"뭐 그렇지. 같이 고향으로 왔으니까."

"설마 아마네에게 여자 친구가 생길 줄이야, 세상 참 모르겠어."

"인식이 심하군."

"그야 당연히, 마지막으로 본 네 얼굴을 생각하면 어쩔 수 없지."

직접 이야기는 안 했지만, 마지막으로 얼굴을 마주쳤을 때는 중학교 졸업식일 것이다. 그때는 많이 나아졌지만, 그래도 표정에서 생기가 없었을 것은 쉬이 상상할 수 있다.

"그걸 봐서는, 저쪽에서는 잘 지내나 보구나."

"그래. 덕분에 말이지."

"설마 비꼬는 거야?"

"왜 그렇게 받아들이는데?"

"우리는…… 잘 지내지 못했으니까."

그 한마디는 어딘가 씁쓸한 맛을 담고 있었지만, 그걸 속으로 삼켜도 구역질이 치밀 만큼 쓰라린 느낌이 북받치는 일은 없었다.

"그랬지. 하지만 그걸 탓할 생각은 없고, 돌아와서 얼굴을 마주친 것도 우연이야. 일부러 만나러 온 것도 아니니까 신경을 써도 곤란해."

정말로 하나다를 원망하지도, 화내지도 않고, 탓할 생각도 없다. 어디까지나 평탄한 마음으로 그를 대하고 있다.

과거에 상처받은 자신보다 하나다가 더 신경을 쓴다는 사실에 곤혹스러워할 수밖에 없다. 아마네로선 다른 사람이 상심하는 것이 더 곤란하니까 너무 의식하지 말았으면 좋겠다.

"너무 시원시원하게 말하니까, 내가 더 이상한 것 같네."

"그래. 네가 이상한 거지 별로 걱정할 일이 아니라고. 내 얼굴을 볼 때까지 잊고 있었지? 그 정도로 사소한 일이야."

"너 말이야. 자학하는 거야?"

"아니. 객관적으로 봤을 때 흔히 있는 일이고, 본인 말고는 정말로 별것 아니니까. 사실을 있는 그대로 말했을 뿐이야. 비꼴 생각은 없었어. 미안해."

"너한테 사과를 들어도 곤란한데. 사과는 내가 해야지."

"내가 사과받아도 곤란하지. 나는 사과받을 일을 하나다에게 당한 기억은 없어."

"아무것도 안 했어, 나는."

"그래, 아무것도 안 했으니까 나는 너를 거부하지 않고 끝난 것 같아……. 옛날 일이니까, 신경 쓸 필요는 없어."

아마 어중간하게 도우려고 했어도 아마네가 거부해서 우정에 금이 갔을 것이다. 거리가 조금 생겨서 자연스럽게 관계가 소멸한 것이다.

부담을 느끼지 않고, 상처받지 않고, 그저 사실을 있는 그대로 가볍게 말하자 하나다는 맥이 빠진 듯 씩 웃었다.

"그렇구나. 후지미야에겐 이미 지나간 일이 되었구나."

"아, 어쩌다가 토죠도 만났는데. 역시 나한테는 지나간 일이었어. 이걸로 잘된 거야."

"여러모로 듬직해졌구나, 너도. 토죠는 변하지 않았지? 나는 같은 고등학교니까 여전한 것도 알고."

"놀랄 정도로 변하지 않아서 오히려 놀랐어. 그게 잘된 일인지 아닌지는 사람마다 다르게 생각하겠지만."

변하는 것을 좋게 받아들일지 어떨지는 본인이 생각하기 나름이다. 변하지 않는 것도 올바를 수 있다.

아마네가 변한 것은 그러고 싶어서 변한 것이지, 변할 필요가 없다면 그러지 않아도 된다. 토죠는 변할 필요가 없는 사람이었을 것이다.

담담한 기색으로 과거의 트라우마에 가까운 사람을 이야기하는 아마네를 보고, 하나다는 어깨를 으쓱했다.

"정말 아무렇지도 않은 것 같네."

"마음을 정리했으니까. 상대는 그게 마음에 안 드는 눈치였지만."

"그 자식이라면 성질을 내겠지. 너무 자극하지 마."

"왜 자극했다고 넘겨짚는데. 오히려 내가 당했는데?"

"네 모습으로 봐서는 오히려 걔가 성질낼 거 같은데."

"아…… 뭐, 마음에 안 든 눈치긴 하더라. 그래도 이걸로 끝이니까."

"만나는 게?"

"그야 일부러 만나러 갈 생각은 추호도 없고, 얼굴을 봐서 즐거울 일도 없으니까. 애초에 이곳에 돌아올 기회 자체가 거의 없고."

뭐가 좋아서 사이가 틀어진 사람을 보러 가야 할까?

원망지도, 화내지도 않는, 그저 옛날에 친했다가 인연이 끊긴 상대일 뿐, 아마네로선 더 엮일 생각이 없었다.

"그리고 보니 연말연시에 돌아오지 않았다고 들었어. 우리 엄마가 그랬거든."

"그야 나도 저쪽 생활이 있고, 거기서 잘 지내니까. 부모님께 얼굴을 보이는 것 말고는 이곳으로 돌아올 이유가 없지."

"그렇구나."

"그러니까, 하나다 너랑 이야기하는 것도 어쩌면 이번이 마지막일지도 몰라."

토죠를 만나지 않는 것처럼, 하나다도 일부러 만날 기회를 마련할 생각이 없었다.

토죠와는 단순히 완전히 결별하고 과거의 사람이 되었기 때문인데, 하나다의 경우는 조금 다르다.

이제 사이좋은 친구라고 부를 수 없는 사이로, 조금 전까지 존재를 잊고 있었기 때문이다.

"솔직히 말해서, 나는 진학과 취업은 저쪽에서 할 거니까 이쪽으로 돌아오는 것은 기껏해야 귀성 때 정도일 거야. 비록 지금 관계가 생긴다고 해도 자연스럽게 사라지겠지. 나는 요령이 없어서 관계를 많이 유지할 수 없으니까, 언제 사라질지 모르는 관계를 유지하는 것보다 소중한 사람과의 관계를 중시하고 싶어. 미안해."

싫어하는 것은 아니어도 적극적으로 교류하기에는 거리가 멀다. 하나다에게 느끼는 우정의 열량은 아마도 옛날처럼 커질 수 없겠지.

교류를 계속하고자 하는 감정이 생기지 않는 것이다. 차가울지도 모르지만, 아마네는 소중히 할 수 있는 용량에 한계가 있어서 소중한 사람을 더 늘릴 수 있을 만큼의 여유가 없다.

아마네가 내쳤는데도 하나다는 그저 쓴웃음만 지었다.

"내가 먼저 멀어진 거니까 네가 사과할 일은 아닌데 말이지. 나도 지금 와서 사이좋게 지내자는 식으로 편리한 전개가 생겨도 뭔가 다른 속셈이 있는 게 아닐까 의심할 테고."

발밑의 돌멩이를 차며 고개를 숙여 시선을 내린 하나다는 잠시 입을 다물었다가 천천히 고개를 든다.

"즉, 화해는 하지만 그 이상은 엮이지 않겠다. 사는 곳도 교우 관계도 다르니까. 단지 예전에 동급생이었던 사람으로 돌아간다. 이런 거지?"

"그래."

매정한 말일지도 모른다고 생각했지만, 하나다는 상처 입은 기색이 아니었다.

"오히려 안심했어. 나도 죄책감이 있었고. 다 잊고 옛날처럼 사이좋게 지내는 것도 불가능했을 테니까."

"나도 네가 신경을 쓰는 게 싫으니까 이거면 될 거야. 다른 애들은 나를 별로 기억하지도 않을 테고, 고향 지인들과 다시 사이좋게 지내는 것도 조금 이상하니까."

"옳은 말이지만, 굳이 말하지 않아도 자연스럽게 사라지게 될 걸 대놓고 말하다니 너도 참 고지식하구나."

"만나고 나니 너한테 말해야 하겠다는 생각이 들었어."

토죠와 가까워지기 전에는 가장 사이가 좋았던, 어떻게 보면 소꿉친구에 가까운 존재. 토죠와 친해지고 나서는 조금 멀어지고, 토죠와 그 일이 있은 뒤로는 소원해진 사람.

같은 학군인 만큼 나름대로 교류가 있는 친구였던 사람.

토죠와는 모양새가 다르지만, 정식으로 작별을 고해야겠다고 생각한 것이다.

똑바로 바라보는 아마네에게, 하나다는 살짝 시선을 헤맨 다음 웃으며 한숨을 쉬었다.

"넌 정말 많이 변했구나……. 겉도, 속도."

"그렇지? 조금은 좋은 남자가 되었나?"

"모르겠는데. 그냥 옛날보다 지금이 훨씬 충실해 보여."

"그래. 충실한 것 같아."

아무것도 몰랐던 때와는 다른 충실감이 있고, 사람들에게 둘러싸여 있던 옛날보다 지금이 훨씬 즐겁고 행복하다. 그만큼 아마네의 마음속에서 마히루라는 존재가 차지하는 부분이 큰 셈이다.

"부러워 죽겠네. 난 아직 여친도 없고, 고등학교에서도 수수한 포지션이니까."

"변할 마음이 있으면 그럴 수 있을 거야."

"네가 말하면 말의 무게가 다르다고."

아마네가 고향을 떠나 달라진 모습을 보였으니까 하나다는 그렇게 느꼈을 것이다.

한바탕 웃던 하나다는 숨을 깊이 내쉬며 조용히 아마네를 바라보았다.

"다시 올 일이 생기면 카나메 정도는 보고 가."

"너한테는 얼굴 보여 주라고 하지 않는구나."

"아까 네 입으로 작별한다고 했잖아. 애초에 남자 얼굴을 봐서 뭐가 좋아?"

"하하, 그러네."

"카나메가 네 여친 보고 실망하지 않았어?"

"뭘 실망할 요소가 있는데?"

"의외로 진심으로 너를 좋아했으니까. 결혼한다고 떠들었고."

"난 일곱 살이나 어린 애한테 관심 없어."

"응, 알아. 그저 뭐랄까. 동생의 꿈을 망가뜨리지 않으려고 한 오빠의 마음고생도 알아줬으면 싶어서 말이지."

"내가 처남이 되면 너만 거북할 거잖아."

"그러게 말이다."

가볍게 말하며, 슬슬 때가 되었다 싶어서 하나다의 집 쪽을 바라본다.

마히루는 웃음을 띤 하나다의 여동생에게 난처한 기색이지만, 즐겁게 이야기하고 있다. 문득 고개를 든 마히루가 아마네의 상황을 알아채고 '다 끝났어요?' 라는 눈빛을 보내서, 아마네는 조용히 고개를 끄덕였다.

"이만 가 볼게. 여친이 기다리니까."

"응, 잘 가…… 후지미야."

"그래."

서로가 '또 보자.' 라고 말하지 않은 것은, 말한다 해도 적극적으로 다시 만날 생각은 없기 때문이리라.

하나다는 이 동네에서, 아마네는 지금 사는 동네에서 각자 머물 곳을 마련했다. 그것만으로 충분하다고 생각한다.

옛 친구의 손을 잡을 생각은 없었다. 서로 그럴 필요가 없음을 아는 것이다.

그걸 차갑다고 생각하지 않는다. 필요한 이별이자 관계 정리다.

'아마네'로 부르던 하나다가 '후지미야'로 부른 것은 그것을 구분하기 위해서일 것이다.

그걸 추궁할 만큼 눈치 없는 건 아니기에 그냥 모른 척 웃고 살며시 떠난다.

아마네에게 등을 돌리고 집으로 가는 하나다와 엇갈리듯이 마히루가 종종걸음으로 다가온다.

"고생했어요."

"피곤하진 않아. 마히루에게 걱정을 끼쳤을까?"

"걱정이라고 할까요. 상처받으면 싫으니까요."

"정말로 그랬다면 나도 얘기하지 않았어. 괜찮아, 이야기하길 잘했으니까."

"그렇다면 잘됐고요."

원래 만날 예정은 없었지만, 이렇게 보길 잘한 것 같다. 고향에 남긴 응어리를 또 없앨 수 있었다.

딱히 힘들어하는 것은 아니라고 본 마히루가 안심한 듯 힘이 빠진 미소를 지었다. 아마네도 담담하게 웃어서 대꾸한 다음 슬며시 그 손을 잡는다.

언제나 손을 잡고 싶은 눈치니까 지금도 그럴까 싶어서 시험해 본 건데, 아무래도 정답이었던 것 같다.

서로 수줍게 웃으며 조금씩 해가 저물기 시작한 길을 걷기 시작한다.

"그러고 보니 마히루를 엄청 따르던걸."

문득 조금 전 광경이 생각나서 말했더니 옆에 있는 마히루는 어째서인지 시선을 조금 돌렸다.

"저, 저기, 따른다고…… 해야 할까요. 아마네 군 이야기를 해 달라고 졸라서요."

"이상한 말은 안 했지?"

"안 했어요. 그냥 건전하게 친구를 사귀고 지낸다고 이야기했어요. 아마네 군, 옛날에는 참 좋은 오빠였군요."

"지금과는 딴판이라고 말하고 싶은 거야?"

"아니요. 다른 사람을 잘 챙기는 건 옛날부터 그랬구나 싶어서요."

"별로 좋은 건 아니지만……."

"후후, 글쎄요?"

아마네는 마히루가 생각하는 것만큼 착하고 친절한 사람이 아니다.

그런데도 마히루는 "이러니저러니 해도 아마네 군은 정이 많으니까요."라며 다 이해한 낯으로 말한다. 아마네가 항의하는 차원으로 잡은 손을 조물조물 만졌더니 마히루가 간지러운 듯이 눈을 희미하게 떴다.

다만 말을 정정할 생각은 없어 보여서, 아마네는 뚱한 얼굴로 마히루의 손에 장난치며 불만을 손으로 전달한다. 하지만 마히루는 아무렇지도 않은 기색이니까 잘 전해지지 않은 것 같다.

이대로 계속 만져도 의견은 변하지 않는다는 것을 깨닫고 "정말이지."라고 한숨을 쉬고 손을 잡는 모양새를 바꾼다. 손가락과 손가락을 엮듯이 다시 손을 잡자 마히루가 싱긋 웃으면서 살며시 몸을 기댄다.

양산을 접어서 가능해진 거리다. 다가온 마히루가 유난히 눈부시게 느껴지는 것은 석양이 쏟아지는 탓일지도 모른다.

"요 며칠 사이에, 옛날에 있었던 일들과 많이 마주쳤군요."

조용히 경치를 바라보며 천천히 걸으니 작고 절절한 중얼거림이 귀에 들어왔다.

"그래. 지금의 나를 형성한 요인. 그리고 거리가 생긴, 소꿉친구 비슷한 존재. 전부 내가 여기에 두고 온 것이고, 관계를 다시 고민해야 하는 요소였을 거야."

"돌아온 건 후회하지 않는 거죠?"

"당연하지. 내가 진정한 의미에서 한 발짝 나아가는 데 필요한 일이었다고 생각해."

토죠와 새로이, 올바르게 결별한 것도. 과거에 친했던 사람과 엉킨 인연을 올바르게 풀어낸 것도, 다른 동네에서 사는 아마네가 근심 없이 지내는 데 필요한 일이었다. 이제는 그것을 알 수 있었다.

"그렇다면 다행이에요."

"걱정이 없어져서 개운하다고 할까. 다시 앞을 보고 걸어야겠다고, 이번 귀성으로 생각했어."

"아마네 군은 앞을 보고 있군요."

"자꾸 질질 끄는 것은 좋지 않고, 이제는 나에게 무거운 짐이 될 수 없다고 알았으니까. 고향에 오길 잘했어."

정말로 강해졌다고 자기 자신의 심정을 평가하고 나서, 조금 부끄러워지는 것을 애써 감추고 마히루를 본다. 마히루는 조용히 아마네를 보고 있었다.

아니다. 아마네를 보는 것 같으면서도 보고 있지 않다. 아마네를 통해서 다른 무언가를 생각하는 듯한 눈이다.

"아마네 군이 다 극복했다면 다행이에요."

그렇게 속삭이는 마히루는 진심으로 그렇게 생각하고 있겠지. 거짓 없는 자기 마음을 말해 준 것은 알지만, 조금 씁쓸한 것이 섞여 있다는 것도 깨닫고 말았다.

"사실은 저도, 아마네 군처럼, 똑바로 마주해야 하는데요."

아마네의 당혹스러움을 아는지 모르는지, 딱히 누가 들으라고 하는 것도 아닌 작은 목소리가 귀에 닿는다.

희미하게 떨리는 목소리로 입 밖으로 튀어나온 고뇌가 섞인 말에, 아마네는 선뜻 뭐라고 말하지 못하고 그저 떨리기 시작한 손을 다시 한번 잡았다.

"정말 벌써 돌아가는구나."

귀성 때 처음 만나는 장소로 쓴 개찰 앞 기둥 옆에서 시호코가 아쉬워하는 태도를 숨기지 않고 중얼거렸다.

그 옆에 선 슈토가 노골적으로 쓸쓸해하는 시호코를 "그렇게 말하지 말고."라며 달래고 있다.

© Hanekoto

당초 머물기로 예정한 기간도 지났고 역시 집을 너무 오래 비울 수도 없으니까, 이제는 저쪽으로…… 지금의 집으로 돌아가기로 했다.

아쉬워하는 시호코의 시선은 당연하다는 듯이 마히루를 향하고 있다. 귀여운 딸(예정)과 떨어지는 것이 아쉬운 모양이다.

"죄송해요. 집에서도 할 일이 있고, 예정이 있어서요……."

"어머니 말은 신경 쓰지 않아도 돼. 다 들으면 해가 질 거야."

"엄마에게 차가운 아들이구나……."

"그건 고대로 돌려줄게. 친아들보다 귀여운 딸을 우선하고 말이야."

"어머나, 당연하지. 언제든지 돌아올 수 있는 아들보다 언제 올지 모르는 귀엽고 착한 딸을 붙잡는 게 당연하잖니."

너무나 당당한 반론에 아마네는 따질 마음도 생기지 않았다.

무슨 말을 하고 싶은지는 이해할 수 있지만, 그것도 따지면 정신적으로 지칠 것 같다.

아버지의 눈치를 슬쩍 살펴도 어쩔 수 없다는 느낌으로 뜨뜻미지근한 미소를 지으니까, 슈토가 말리는 것도 기대하기 어려울 것 같다.

마히루는 난처한 듯 웃는데, 역시 기쁨이 더 큰지 수줍어하는 듯한 미소를 짓고 있다.

"저기, 괜찮다면 또 찾아뵈어도……."

"얼마든지 오렴! 언제든 환영할게!"

"말을 중간에 끊지 마……. 그래도 다행이네, 마히루."

"네."

이번에는 순수하게 기쁨의 미소를 짓는 마히루를 쓰다듬자 시호코가 히죽히죽 웃으며 아마네를 보지만, 모르는 척하고 넘어간다.

"그렇구나, 시이나 양도 우리 집이 마음에 들었다면 다행이야. 솔직히 사양만 하면 어쩔까 싶어서 걱정했거든."

"어머니가 너무 들이대서 사양할 겨를이 없었고, 그 덕분에 익숙해진 거 같아."

"하하, 그러네. 시호코 씨는 좋든 나쁘든 적극적이니까."

"둘이서 나를 슬쩍 놀리는 거 아니야?"

"그게 시호코 씨의 좋은 점이고, 매력이라고 봐."

"어머."

툴툴대는 태도에서 순식간에 돌변해 기쁜 기색으로 웃는 시호코를 본 아마네도 쓴웃음을 짓고, 이어서 역의 벽에 설치된 시계를 올려다본다.

"이제 슬슬 갈까?"

"그래요. 이제 시간이 다 됐으니까요……."

일찌감치 자리에 앉고 싶으니까, 아쉬움이 남아도 헤어져야 한다.

부모님도 그걸 아는 듯 시호코가 아쉬워하는 눈치로 "마히루 짱, 또 오렴." 하고 마히루의 손을 잡고 붕붕 흔들고 있다.

한편, 슈토는 그런 시호코를 상냥한 눈빛으로 바라보다가 마히루를 다시 본다.

"시이나 양, 이번에는 와 줘서 고마워. 우리도 떠들썩해서 즐거웠어."

"저, 저야말로 감사합니다."

"후후, 만약 아마네와 싸우면 '친정에 갈게요!' 라고 말하고 이쪽으로 도망치렴."

"내가 마히루에게 그렇게 상처를 줄 것 같아?"

말이 심하다고 슈토에게 눈짓하자 껄껄 웃는 소리가 돌아온다.

"오해나 착각은 누구든 생길 수 있으니까 말이지. 게다가 혼자 있고 싶거나 어른을 의지하고 싶을 때도 있을 테고, 무슨 일이 있으면 언제든지 여기로 와. 우리는 어느 때건 환영하마."

"네……."

언제든지 와도 좋다는 말에 캐러멜색 눈이 한순간 촉촉하게 젖지만, 다음 순간에는 기쁨의 빛으로 채워진다.

진심으로 행복한 미소를 짓는 마히루를 보니 아마네도 살짝 눈시울이 뜨거워졌다.

(마히루에게 조금이나마 가족의 행복을 가르쳐 줄 수 있었을까.)

가족과 보낼 일이 거의 없었다는 마히루에게, 앞으로도 다양한 행복을 보이고 경험하게 해 줄 수 있으면 좋겠다.

눈을 부드럽게 내리뜨고 미소를 지은 마히루에게, 아마네도 잔잔하게 웃으며 그 손을 부드럽게 잡았다.

제6화　천사님과 수상한 뒷모습

　집에 돌아온 다음 날, 아마네가 가장 먼저 한 일은 청소였다.

　귀가 당일에는 피곤해서 하지 않았지만, 2주 남짓하게 집을 비우면 방에도 먼지가 쌓인다. 많이 쌓이진 않았지만 마히루도 집에서 같이 지내니까 되도록 청결하게 유지하고 싶다.

　그런 이유로 아마네는 마히루에게 배운 청소 스킬을 구사하여 청소하고 있었다. 참고로 마히루도 자기 집 청소를 한다고 해서 아마네 혼자다.

　청소를 잘하는 건 아니지만, 마히루 덕분에 유지하는 데는 문제가 없다.

　마히루가 말하길.

　"똑바로 자주 청소하면 힘들 수가 없어요. 나중으로 미루니까 불필요하게 노력과 시간을 빼앗기는 거죠."

　그 가르침대로, 정기적으로 가볍게 청소하는 것만으로 깨끗한 상태를 유지하고 있었다.

　이번에도 가구에 다소 먼지가 앉은 정도라서 시간이 오래 걸리지 않았다.

　가구를 살짝 덮은 먼지를 쓱 닦고 청소기를 돌린다. 내친김에 창문도 닦은 아마네는 시계를 쳐다봤다.

이미 시각은 오후 3시가 넘었다.

항상 다니는 슈퍼마켓의 할인 행사는 대체로 오후 4시부터 시작하니까 슬슬 나가는 것이 좋겠지.

(내가 생각해도 살림이 몸에 뱄구나.)

슈퍼마켓에 가는 이유는 귀성길에 냉장고를 비운 탓에 오늘 저녁 찬거리가 없기 때문이다. 아침 점심은 컵라면과 냉동식품으로 때웠지만 저녁은 차마 그럴 수 없다.

장보기 담당은 아마네이지만, 재료비는 마히루와 반반씩 부담한다.

두 사람이 공동으로 내는 식비니까 되도록 싸게 해결하려는 생각은 이상하지 않지만…… 남자 고등학생이 식비를 의식하는 것은 조금 주부 같겠지.

아마네도 자신의 변화를 느끼고 슬쩍 웃은 다음, 일단 조금 더 러워진 옷을 갈아입고자 방으로 갈아입을 옷을 챙기러 갔다.

"응…?"

슈퍼마켓에 가는 도중, 생각하며 걷는 아마네 옆을 낯익은 황갈색 머리카락을 가진 사람이 지나갔다.

무심코 뒤돌아보지만, 당연히 뒷모습밖에 보이지 않는다.

마히루처럼 머리가 긴 것도 아니고, 애초에 성별부터 다르다. 하지만 염색한 것처럼 보이지도 않는다. 저렇게 연한 머리 색깔을 타고난 사람은 드물 것이다.

신기한 일도 다 있다며 도착한 슈퍼마켓에 들어가 오늘 저녁 재료를 장바구니에 담고 있는데, "어?" 하고 귀에 익은 목소리가 등 뒤에서 들렸다.

"이런 곳에서 다 보네."

"코코노에?"

　유타를 통해서 기마전으로 친해진 소년, 코코노에 마코토는 아마네와 마찬가지로 장바구니를 팔에 걸고 있었다.

　참고로 장바구니에는 과자나 주스가 담겨 있으니까, 이쪽이 훨씬 남자 고등학생답다.

"후지미야네 집은 이 근처야?"

"그래. 코코노에는 이 동네가 아닐 줄 알았는데……."

"나는 그냥 친구 집에서 자고 갈 거라서 먹을 걸 사러 온 거야. 후지미야는…… 밥?"

"응. 저녁 장을 보러 왔어."

　보면 알다시피 아마네가 든 장바구니에는 닭고기나 무, 우유나 두부처럼 간식으로는 도저히 인식할 수 없는 것들이 많다.

"그러고 보니 후지미야는 자취한다고 했던가? 대단한데."

"뭐, 밥은 마히루가 차리니까 내가 잘난 건 아니지만……."

"그런 소리도 들었지. 엄청난 생활인걸……."

"그래. 마히루한텐 감사하고 있어."

　마히루가 없었다면 아마네의 식생활은 엉망이었을 것이다. 마히루 덕분에 집안일은 그럭저럭 할 수 있게 되었지만, 마히루가 없으면 자기 생활에 별로 신경을 쓰지 않을 것 같다.

만약 마히루가 없어지면, 아마네의 지금 생활은 성립하지 않는다.

작게 쓴웃음을 지으며 "마히루 님 만만세로군."이라고 중얼거리자, 마코토는 슬며시 한숨을 쉬었다.

"뭐랄까, 정말이지…… 그런가. 홀딱 반했구나?"

"그래, 마히루도 그렇지만."

"자신만만하게 말할 수 있나 보네."

"사랑받고 있다는 정도는 나도 알아."

사귀기 전에는 호의를 확신하지 못했지만, 지금은 아니다.

마히루가 아마네를 소중히 여기고 좋아하는 걸 잘 안다. 마히루가 아마네의 곁에 있기를 바라는 것도 알고 있다.

자만심이 아니라 순수하게 사실로 인식할 수 있다는 게 자신감이 생긴 증거일 수도 있다. 그만큼 마히루가 큰 사랑을 아낌없이 주었다는 뜻이기도 하지만.

담백하게, 스스럼없이 대답하는 것을 본 마코토는 조금 전까지 쓴웃음을 짓던 아마네를 대신하듯 쓴웃음을 지었다.

"뭐, 자신감이 생겼다면 좋은 거고. 서로 좋아하면서 우물쭈물하던 그때보다 낫잖아."

"신랄한걸."

"그야 아무리 생각해도 좋아하는 걸로 보였으니까. 뭐, 나는 상관없지만, 너희만 행복하면 되지 않겠어?"

어깨를 으쓱한 마코토가 나름대로 칭찬하는 것을 느끼고, 아마네는 뺨을 느슨하게 풀었다.

"뭐, 유타도 납득했고. 나는 이걸로 원만하게 수습되었다고 생각하니까."

"응?"

"아, 아무것도 아니야. 나는 이만 계산대로 갈게."

왜 갑자기 카도와키 유타의 이야기가 나오냐고 생각했는데 마코토는 더 묻기도 전에 얼른 등을 돌리고 자리를 떴다. 아마네는 당황하면서도 스마트폰에 메모로 저장한 저녁 식사 재료를 장바구니에 담으려고 덩달아 뒤돌아섰다.

맨션으로 돌아오자 슈퍼마켓에 가는 길에 엇갈린 남자가 맨션을 올려다보는 것이 보였다.

설마 아마네가 사는 맨션이 목적지인 줄은 몰랐고, 시간이 지났는데도 밖에 있을 줄은 더더욱 몰라서 그만 걸음을 멈추고 남자를 쳐다보고 말았다.

역시 머리 색이 낯익다.

뒷모습밖에 보지 않아서 모르겠지만, 덩치가 크지는 않다. 오히려 호리호리하고, 키는 아마네보다 약간 작은 정도일 것이다.

그 남자는 고개를 돌려 맨션을 올려다보고 있었다.

아마네가 있는 곳에서는 표정을 살필 수 없지만, 계속해서 맨션을 쳐다보는 것만은 알 수 있다.

신경은 쓰여도 모르는 사람에게 말을 걸 수는 없으니까 그냥 지나갈 수밖에 없다. 지나가면서 불쑥 뒤돌아봐도 이상하게 생각할 테니 남자의 얼굴을 확인하기는 어렵겠지.

다만 역시 조금 신경이 쓰였기에 아마네는 손에 든 슈퍼마켓 봉투를 확인하고 발걸음을 다시 움직였다.

그 남자의 옆을 지날 때, 미안하게 생각하면서도 손에 들고 있던 슈퍼마켓 전리품을 일부러 부딪치게 해서 떨어뜨린다.

참고로 내용물은 따로 넣은 아마네의 과자나 비상 식량이다. 떨어뜨려도 마히루에게 불편을 끼치지 않으니까 문제없다.

부딪혀서 봉투를 떨어뜨리자 남자의 주의가 아마네 쪽으로 넘어왔다.

아마네는 떨어뜨린 슈퍼마켓 봉투를 주워 흙을 털면서 그를 보았다.

어느 정도 예상은 했지만, 역시나 하는 감정이 배어 나왔다.

매우 곱상한, 사람들의 시선을 끌 만큼 얼굴이 단정한 그 남자는 아마네를 보고 미안한 기색으로 눈을 내리떴다. 맑은 차처럼 갈색을 띤 눈동자에서도 죄책감이 전해진다.

일부러 부딪친 사람은 아마네니까 오히려 죄책감이 더 드는데.

"죄송합니다. 제가 정신을 딴 데 팔아서."

"아니, 나야말로 이런 데서 가만히 서 있어서 미안하네. 다니는 데 방해가 되었겠지."

침착함과 온화함을 겸비한 듯 부드러운 저음으로 사과를 받고, 아마네는 재차 "아니요, 제 잘못이죠."라며 고개를 숙인다.

확인하고 싶은 것은 확인했다. 확증은 없지만, 아마 아마네가 예상한 사람이 맞을 것이다.

그리고 아마네는 남자의 옆을 아무 일도 없었다는 듯이 지나

쳤다.

그는 아마네에게 짚이는 구석이 없을 것이니, 의심받을 일은 거의 없다.

고작 수십 초밖에 안 걸린 일인데도 이상하게 긴장한 것은 아마네가 사랑하는 여자와 관련이 있는 일이기 때문이리라.

숨을 휴 내쉬며 맨션 입구에 도착했을 때——마침 그 여자가 모습을 드러냈다.

"어서 오세요, 아마네 군."

설마 공동 현관까지 내려오다니. 그 이전에 마중을 나올 줄은 전혀 예상하지 못해서 허둥대는 아마네를, 마히루가 어리둥절한 눈으로 본다.

"왜 표정이 그래요?"

"그, 그게…… 무슨 일로 일부러 여기까지 나왔나 싶어서."

"무슨 일이긴요. 아까 문자로 곧 간다고 했죠? 부탁한 짐도 많았으니까, 저도 거들려고요."

"그, 그래?"

순수하게 아마네의 짐을 같이 옮겨 주려고 했던 것 같다.

조금 전 남자의 정체를 확인하는 시점에서 심장이 벅찼는데, 마히루가 나오는 바람에 고동이 더욱 빨라지고 있었다.

이 일 때문에 마히루가 그 사람의 존재를 눈치채면 어쩔까 싶어서 무심코 뒤돌아봤는데, 아까만 해도 10미터 정도 떨어져 있었을 남자는 찾아볼 수 없었다.

(마히루를 만나러 온 것도, 만나고 돌아가는 것도 아니야?)

마히루의 낌새로 봐서 후자는 있을 수 없지만, 마히루를 만나러 왔다면 지금 모습을 보고 다가올 것이다. 떠날 이유가 없다.

　그럼 그 사람은 무슨 일로 여기까지 찾아온 것일까.

　일부러 마히루가 사는 맨션 앞까지 찾아와 마히루가 사는 층 근처를 시선으로 좇았던 것일까.

　"무슨 일 있어요?"

　"아니, 아무것도 아니야."

　다행인지 불행인지 모르겠지만 마히루에게 눈치챈 기색은 없다. 아마네는 작게 안도하면서 짐을 들려는 마히루에게 아까 떨어뜨린 간식이 담긴 봉투를 건네고 함께 엘리베이터를 탔다.

　마히루가 현관까지 마중 나오는 이벤트가 있었던 날 밤, 아마네는 옆에 앉은 마히루를 곁눈질하며 오늘 본 남자 이야기를 해야 할지 고민하고 있었다.

　짐작건대, 그는 마히루의 아버지일 것이다.

　마히루의 어머니는 자아가 강한 분위기와 날카로운 인상이 마히루를 별로 닮지 않아서 정말로 혈연인지 의심스러웠지만, 오늘 본 남자는 한눈에 마히루의 아버지라고 느낄 만큼 닮았다.

　눈길을 끄는 단정하고 부드러운 얼굴 생김새, 머리 색깔, 눈동자 색. 마히루가 남자이고 나이를 먹으면 저렇게 되겠지 싶은 풍모였다. 아무리 그래도 그만큼 일치하면 생판 남남이라고 넘어갈 수 없다.

　다만 이것을 마히루에게 말해야 할지가 고민스럽다.

마히루가 부모님을 좋게 생각하지 않는 건 아마네도 안다. 그리고 그런 화제를 피하려고 하는 것도 안다. 기왕이면 아무 일도 없었던 것으로 치고 싶다.

하지만 만약 또 앞으로 그 남자가 찾아와서 마히루와 마주치면 충격을 받을 것이다.

그렇게 되기 전에 마히루에게는 미리 마음의 준비를 시키는 것이 좋지 않을까. 아마네는 그렇게 생각하기도 했다.

"무슨 일이죠? 아까부터 이쪽을 보고 있는데요."

어느 쪽이든 마히루의 마음에 충격을 주니까 어떻게 할지 고민할 때, 시선을 느낀 모양인지 마히루가 영문을 모르겠다는 기색으로 아마네를 쳐다본다.

"아…… 그게 뭐랄까."

"뭐예요. 숨기는 일이 있어요?"

"뭐라고 말하면 좋을까……."

"말하고 싶으면 말해 주세요. 말하고 싶지 않다면 물어보지 않겠지만, 말하고 싶다면 뭐든지 들을게요."

아마네의 판단에 맡기겠다는 마히루의 태도를 보고, 어떻게 말할지 10초 정도 골똘히 고민한 다음—— 찬찬히 입을 열었다.

"저기, 아까……랄까, 장을 보러 갈 때 말이야. 어떤 남자를 봤어."

"네? 그, 그래요?"

무슨 소리인지 이해하지 못한 마히루가 일단 고개를 끄덕여 보여서, 아마네는 마히루의 눈을 똑바로 바라봤다.

오늘 본 남자와 똑같은 색을 띤 눈동자를.

"그 사람은 우리 맨션 앞에서 가만히 맨션을 보고 있었어……. 마히루와 꼭 닮은 눈으로."

"네……?"

아리송한 기색이었던 마히루의 표정이 딱딱해졌다.

"그 사람, 마히루랑 눈동자 색도 같고, 머리 색도 같았어. 얼굴도 마히루와 비슷했고."

암암리에 마히루의 아버지가 아닌가 하고 조심조심 물어보니, 마히루는 충격을 받았다…… 같은 느낌은 없이, 오히려 곤혹스러운 눈치였다.

"그, 그래요……? 제 아버지 같은 사람이 있었다는 말인가요?"

"아마도."

그렇게 말했지만, 아마네는 속으로 그 남자가 마히루의 아버지라고 확신하고 있다. 생김새나 분위기가 상당히 마히루와 비슷한 것이다. 그런데도 한 핏줄이 아니라면 말이 안 된다.

마히루는 아마네의 말을 듣고 눈을 깜박인 다음 희미하게 떴다.

아마도, 어이가 없다는 의미로.

"사람 잘못 본 거 아닌가요?"

"어?"

너무나 담백한 답변이라서 이번에는 아마네가 더 당황했다.

"저희 아버지는 저한테 관심이 없어요. 제가 철들었을 때부터 통 얼굴을 안 보였고요. 일에만 매달려 있어서 저는 안중에도 없었을 거예요. 지금도 연락하는 일도 거의 없고, 있다고 해도

1년에 몇 번 의무적으로 연락하는 정도인걸요."

담담한 목소리로 고하는 마히루의 눈동자는 어이없는 기색에서 서서히 차갑게 식어 가고 있었다.

"저를 만나러 올 이유가 없고, 온다면 연락이라도 할 거예요. 그런 적은 지금까지 한 번도 없었지만요."

단호하게 선언하는 마히루의 얼굴을 보며, 아마네는 그 손을 잡았다.

"게다가 지금 와서 무슨 말을 하러 온다는 거예요? 십 년이 넘게 딸을 방치하고 일에 빠져 사는 아버지가 무슨 목적이 있어서 굳이 접촉하려고 하는 걸까요? 만나러 올 이유를 모르겠고, 제가 이해할 수 있는 의미는 없다고 생각하는데요."

"마히루."

"가령 지금 와서 관심을 준다고 해도…… 저는 그 사람들을 부모로 인식할 수 없어요. 그 사람들은 그냥 혈연일 뿐이지, 저를 키워 준 부모가 아니에요. 저를 키워 준 사람은 코유키 씨밖에 없어요."

가시가 무수히 돋친 목소리로 억양 없이 중얼거리는 마히루를 그냥 보고 있을 수 없어서, 아마네는 감정이 사라진 듯한 표정을 지은 마히루를 끌어안았다.

목소리에 돋친 가시는 누구보다 마히루 자신에게 상처를 내고 있었다.

강한 척하는 것은 아니지만, 자기 목을 조르는 듯한 느낌이 든다.

그 증거로, 표정에서 감정이 사라졌는데도 어딘가 괴로워 보인다. 무표정할 텐데도 상처를 입은 것처럼 느끼고 말았다.

아마네에게 감싸인 마히루는 천천히 고개를 들고 아마네를 본다.

"왜 그래요?"

"온기가 그리웠으니까."

"누가요?"

"내가, 아닐까?"

"그렇군요……."

작게 중얼거린 마히루는 아마네에게 몸을 맡기고 살짝 한숨을 쉰다.

"저는 딱히 신경 쓰지 않아요. 저랑 상관없는 사람이고요."

"그렇구나."

"저한테는 새로운 고향이 있으니까요."

"응, 그렇지."

"그러니까, 아무렇지도 않아요."

"응."

아마네의 부모님을 자기 부모님처럼 생각해 준다는 사실이 기쁜 한편, 마히루가 친부모에게 가지는 생각을 느낄 수 있었던 아마네는 살며시 머리를 쓰다듬었다.

"그래서 말인데. 만약 그 사람을 보게 되면, 나는 어떻게 해야 하지?"

가슴에 기댄 마히루의 머리를 손바닥으로 부드럽게 쓰다듬으며 물었다. 천천히 고개를 든 마히루가 차분한 눈으로 아마네를 바라본다.

그 표정에 충격이나 괴로움은 없어서 안심하고 다시 바라보자, 마히루는 아마네가 쳐다보는 것이 조금 난처한 듯 눈을 내리떴다.

"저는 딱히, 아마네 군이 원하는 대로 했으면 좋겠어요."

"마히루가 어떻게 하길 바라는 건 없어?"

엮이지 않기를 바라는 줄로만 알았는데, 마히루는 천천히 고개를 가로저었다.

"딱히 없어요……. 저와 함께 있을 때 마주치거나, 제가 혼자일 때 말을 걸었으면 또 모를까. 아마네 군이 혼자서 그 남자를 봤다면 저는 그 대응에 이러쿵저러쿵 말하지 않을 거예요. 그래도 마주친 것 정도는 보고해 줬으면 하지만요."

"그렇구나. 마히루는 관여하지 않겠다는 말이지?"

"네……. 저한테 할 말이 있다면 약속을 잡고 직접 말하러 오든 문자로 연락하든 하면 되는데, 숨어서 지켜보다니 이상하잖아요. 본인이 직접 접촉하지 않는다면 제가 어떻게 할 생각은 없어요. 제 생활을 망치는 행동이 아닌 이상에는 방치하겠어요."

마히루는 자신의 아버지처럼 보였다는 인물이 궁금하긴 해도 굳이 직접 접촉할 마음은 생기지 않는 듯했다.

아마네가 마히루라도 그랬겠지만, 아버지라는 사실이 거의 확정인데도 무시하겠다고 말한 시점에서 부모님과의 불화가 깊은 것을 새삼 깊게 느꼈다.

마히루는 뒤척여서 아마네의 가슴에 닿은 얼굴의 위치를 바꾸고 응석을 부렸다. 아마네는 "그래."라고 짧게 대꾸한 다음, 마히루의 무릎 뒤쪽과 등에 손을 돌려서 허벅지 위쪽으로 머리를 눕힌다.

깜짝 놀란 마히루의 표정에 작게 웃으며 달래듯 이마에 입술을 대자 곧바로 얼굴을 붉히고 숨듯 다시금 아마네의 가슴에 얼굴을 묻는다.

이번에는 부끄러움이 더 큰지 다소 세게 이마를 부딪치듯 들이대니까, 아마네는 그런 점도 사랑스럽다며 그만 웃어 버렸다.

"난 말이야, 마히루가 아니니까 남의 집안의 사정에 참견할 순 없지만…… 마히루가 원하는 대로 하는 것이 제일이고, 마히루의 결정을 응원할게."

아마네는 어디까지나 타인이다. 물론 '지금은'이라고 덧붙이고 싶지만.

그래서 마히루의 집안 사정에 깊이 파고들지 않는다. 본인이 그러기를 원하지 않는 한, 옆에서 살며시 지탱하는 것밖에 할 수 없다.

그래도 곁에 있기로 결심했고, 가정사가 어땠든 아마네는 마히루를 좋아한다.

만약 마히루가 집에서 도망치고 싶다고 하면, 아마네는 그 소원을 들어줄 각오가 있다.

그 말을 듣고 조그맣게 "네."라고 고개를 끄덕인 마히루에게, 아마네는 머리를 한 번 슥슥 쓰다듬었다.

"여차하면 납치해 줄 테니까 걱정하지 마."

아슬아슬하게 알아들을 목소리로 속삭이고 장난치듯 웃자 고개를 벌떡 든 마히루가 조금 전보다 빨개진 얼굴로 아마네를 쳐다봤다. 그래서 아마네는 딴청을 피우며 마히루의 머리를 쓰다듬었다.

마히루의 아버지 같은 남자를 목격하고 며칠 후.

일단 외출할 때마다 그 모습이 보이지 않을까 신경 썼지만, 걱정과 달리 그는 아마네와 마히루 앞에 그림자도 비추지 않았다.

짐작건대 그 사람은 마히루를 만나러 왔거나 혹은 상태를 지켜보러 왔을 것이다. 그리고 결국에는 얼굴을 보기를 주저하지 않았나 싶다. 안 그랬다면 직접 말을 걸었을 것이다.

마히루에게 물어도 딱히 연락이 있거나 얼굴을 마주친 적은 없었다고 하니, 현재는 만날 생각이 없을지도 모른다.

"잘 모르겠다니까."

만나러 오는 행동 자체는 이해할 수 있지만 그 동기를 모른다. 아마네의 마음속에는 말로 표현하기 어려운 기묘함이 응어리처럼 남아 있었다.

하지만 너무 파고들어도 안 되니, 상대가 접촉하지 않는 한 아마네가 먼저 움직일 수는 없다.

"왜 그래?"

"조금 고민거리가 있어서."

여름 방학 숙제를 들고 아마네의 집을 찾아온 이츠키의 숙제를 보면서 중얼거리는 바람에, 그 말을 들은 이츠키가 어리둥절한 표정을 짓는다.

"아마네가 입 밖으로 꺼낼 정도로 고민하는 건 신기하네. 자, 말해 봐. 이 형님이 들어주마."

"나보다 나중에 태어났으면서 무슨 소리야?"

"자잘한 건 됐어. 자, 어서."

보아하니 예습이 질린 듯하다.

샤프펜슬을 책상에 휙 내던지고 아마네에게 몸을 돌려서 자기 가슴을 탁탁 치고 있다. 나만 믿으라고 말하고 싶은 것 같다.

(이걸 어쩐다⋯⋯.)

아무리 그래도 마히루의 집안 사정을 말할 수는 없다.

아무리 친한 친구라도, 마히루가 숨기기로 한 일을 발설해서는 안 된다.

이게 자기 비밀이라면 털어놓았을지도 모르지만, 어디까지나 마히루의 사정이지 아마네의 비밀은 아니다. 전부 털어놓을 수는 없다.

그렇다고 혼자 고민한다 해서 답이 나오는 것도 아니다.

아마네는 잠시 입을 다문 뒤, 머릿속으로 말을 고르며 입을 열었다.

"지금까지 관계를 거부했던 인간이 갑자기 접촉하려고 든다면, 상대는 무슨 생각으로 그러는 걸까?"

"그거, 아마네 쪽 이야기야?"

"노 코멘트."

"흐응. 뭐, 상관없지만."

아마네의 발언에 미묘하게 눈치챈 듯한 눈빛을 보이지만 이츠키는 깊이 캐묻지 않았다. 그저 아마네가 한 말을 곰곰이 생각하는 표정을 짓는다.

"그야 상황에 따라 다르겠지만…… 연락도 없이?"

"없어."

"으음. 상대는 스토커가 아니지?"

"조금 아니라고 보는데."

몰래 맨션에 왔다가 마히루가 나타나자마자 소리 없이 사라졌으니까. 스토커라고는 할 수 없지만, 수상하긴 할 것이다.

"그 '조금'이 궁금하지만……. 그래, 상대가 신경 쓰이는 건 확실하겠지. 어떤 관계인지는 모르겠지만, 가능성을 생각하면 직접 말로 전해야 하는 중요한 볼일이 있었거나, 아니면 다시 만나고 싶어질 생각이 들 정도로 심경의 변화가 있었다거나. 그런 거 아닐까?"

"심경의 변화……."

"지금껏 상대가 관계를 끊었으면서 직접 접촉하려고 나섰다면 그것밖에 없지 않겠어?"

실제론 어떤지 모르겠다며 이츠키가 어깨를 으쓱하자, 아마네도 "하긴 그렇겠지."라며 쓴웃음을 지었다.

이츠키가 한 말을 생각하면 만나러 와도 이상하지 않다. 다만 그 이유는 여전히 알 수가 없다.

아마네는 마히루네 아버지의 인품이나 환경을 모르니까 상상해도 단서가 전혀 없다.

군이 이유를 생각한다면 본인의 심경이나 환경에 뭔가 생겼다고 볼 수밖에 없겠지. 그것 말고는 새삼스럽게 마히루를 만나러 오는 이유를 상상할 수 없다.

"뭐, 나는 자세히 모르니까 뭐라고 말할 수는 없지만 말이야. 나 같으면 궁금해서 연락할걸. 이렇게 근질근질한 것을 방치하면 싫으니까."

"너답다고 할까……."

"아마네 넌 수동적이니까, 접촉이 있을 때까지 기다리면 되지 않겠어? 아마 그런 사람은 조만간 또 접촉할 것 같단 말이지. 접촉을 포기할 수 있다면 애초에 문자 메시지나 전화로 해도 되고."

상황을 모르면 기다릴 수밖에 없다는 말을 듣고, 아마네도 현재로서는 해결책을 찾지 못하니까 기다리는 자세가 될 수밖에 없다는 결론에 이르렀다.

애초에 상대가 접촉하려는 사람은 마히루니까 아마네는 어쩔 수 없다는 점이 크다.

그럴 수밖에 없냐며 한숨을 쉰 아마네에게 이츠키가 유쾌한 듯 빙그레 웃는다.

"거시기 뭐냐. 좋아하는 사람을 위해서 힘내라고, 젊은 양반."

"뭐?"

"넌 의외로 알기 쉽구나. 자기 일이라면 네 이름을 대잖아. 네가 그렇게까지 해서 고민하는 사람은 시이나 양밖에 없는걸."

"시끄러워."

"나는 남의 사정에 참견할 권리가 없으니까 그만두겠지만, 아마네는 귀여운 여자 친구를 위해서 애써 보라고."

　팔꿈치로 꾹꾹 누르는 이츠키에게, 아마네는 슬쩍 인상을 쓰고 "나도 알아."라고 나지막하게 대꾸했다.

| 제7화 | 천사님과 여름 축제 |

"오늘이 여름 축제인 거 알아?"

여름방학도 일주일 남았을 무렵, 치토세가 갑자기 점심 전에 찾아와서 그런 말을 꺼냈다.

"알고는 있지만……."

"아, 혹시 마히룽이랑 단둘이 갈 예정이었어? 난 잇군을 불렀는데."

"단둘이 갈 예정이라고 할까, 마히루를 부를 작정이긴 했어."

오늘은 마히루에게 아무 예정이 없다는 것을 아니까 깜짝 선물로 데려가려고 생각했었다.

시호코에게도 잘 부탁해서 유카타를 부치게 했고, 아마네도 스스로 유카타를 입는 방법을 미리 복습해 두어서 같이 외출할 수 있도록 대비했다.

차를 준비해 돌아온 마히루가 "어?" 하고 깜짝 놀란 얼굴로 아마네를 쳐다본다. "여름 축제에 가고 싶다고 해서 알아봤어."라고 대답하자 눈을 몇 번이나 깜박였다.

"혹시 내가 방해한 거야?"

"아니야. 둘이서 가는 것도 좋지만, 기왕이면 이렇게 다 같이 모일 때는 함께 가는 게 낫지 않을까?"

아마네도 이제 고2이므로, 여름방학이 끝난 후부터는 수업이 수험을 대비한 방향으로 진행되기 시작된다.

아마네가 다니는 학교는 원래는 3학년 때 배우는 수업 내용까지 2년에 걸쳐 마치고, 남은 1년 동안 진로에 맞춰 집중해서 배우는 형태여서 수업 진도가 그럭저럭 빠른 편이다.

그러니 놀고만 있을 수도 없고, 아무 생각 없이 있을 수 있는 기간도 적다. 3학년에 올라가면 당연히 집에서 공부하는 것부터 시작해서 입시 학원, 과외 수업, 가정교사 같은 예정이 생기는 경우가 많아지므로 모일 수 있는 기회도 줄어든다.

마히루와 단둘이 보내는 시간을 쓰는 것은 미안하지만, 모두의 예정을 맞추는 것은 무척 힘들 것이다.

"마히루는 어때?"

"다 함께 갈 수 있으면 좋겠어요. 그 이전에 치토세 양은 방문하실 때 미리 연락해 주셨으면 좋겠는데요."

"미안해. 노력은 했다고 생각해."

"도착하기 10분 전이었는데요……."

치토세에게 찬 보리차를 내놓은 마히루가 쓴웃음을 지으며 슬그머니 폭로한다.

마히루가 갑자기 '치토세 양이 온다고 해요.'라며 곤혹스러운 기색으로 말하는 바람에 처음에는 아마네도 여름 축제에 부르는 것과는 관계없이 당황했다. 친구의 집에 갑자기 돌격하는 짓은 이츠키도 한 적이 있지만, 설마 치토세도 그럴 줄은 몰랐다.

집에 있을 것을 확신하고 찾아온 거겠지만, 역시 좀 더 일찍 말해 주었으면 한다.

　아마네는 차갑게 식힌 보리차를 맛있게 마시고 있는 치토세에게 한숨을 쉬며 마히루를 슬쩍 본다.

　마히루는 축제에 가는 것 자체는 딱히 반대하지 않는 눈치다.

　요새 마히루가 아버지의 일로 영향을 받았는지 미묘하게 기운이 없는 것 같아서 기분도 풀 겸 데려가 주고 싶은 참이다. 마히루의 아버지가 다시 접촉하려고 들지도 모르지만, 그 존재를 한때나마 잊게 해 주고 싶다.

　"뭐, 가는 걸로 결론이 났으니까 다행인데. 어떻게 할까, 마히루? 유카타 입을래?"

　"네? 아니요. 공교롭게도 유카타는 집에 없어서요."

　"그게 말이지…… 있어, 우리 집에. 마히루의 사이즈에 맞는 게."

　"왜죠?"

　"어머니한테 부탁했거든."

　시호코의 존재를 알리자마자 "아……." 하고 납득하니까, 마히루가 생각하는 시호코는 어째서인지 마히루의 몸에 딱 맞는 옷을 많이 가지고 있는 존재인 것이리라. 그런데도 틀린 인식이 아니니까 웃을 수가 없다.

　이번에는 아마네가 부탁했기 때문에 뭐라고 따질 수는 없지만, 정말 왜 이렇게까지 젊은 여자들이 입는 옷을 소지하고 있느냐고 묻고 싶어진다. 아무리 패션 관련으로 일한다고는 해도, 이건 틀림없이 마히루를 위해서 준비했을 것이다.

"어, 마히롱 유카타 입어? 보고 싶어!"

"너는 안 입게?"

"싫어. 유카타는 귀엽지만 움직이기 불편하고, 띠를 두르면 배부르게 못 먹을 거 같은걸."

"그건 치토세가 식탐을 부리는 것뿐이잖아?"

"말이 심하네."

치토세는 너무 답답한 차림을 좋아하지 않는 데다가 잘 먹고 잘 움직이는 타입이라 유카타처럼 조신함을 요구하는 옷은 입으려고 하지 않는 듯하다.

원래 그런 옷은 움직이기 불편하니까 활발한 치토세에게는 거북하겠지.

"그러고 보니 이츠키는 어쩌고?"

"현지에서 합류하기로 했어."

"우리를 부르기 전에 이미 정했지? 처음부터 우리랑 간다고 생각한 것 같은데……."

"후후, 두 사람은 예정이 없으면 거절하지 않을 것 같았거든."

"그럴 때는 우리의 사정도 생각해."

"미안미안."

아마네는 반성하지 않은 기색인 치토세에게 눈을 흘기지만, 어쩔 수 없으리라.

뭐, 이츠키에게 며칠쯤 볼일이 없다고 메시지로 말한 적이 있으니까, 그때 축제에 부르자고 정한 거겠지.

그래도 미리 약속을 잡았으면 좋았겠지만, 기분 전환도 중요하다고 생각하니까 이번에는 치토세가 부르러 와 줘서 고마웠다.

"그래서 말인데. 마히루는 어쩔 거야? 유카타, 입고 싶어?"

"저만 유카타면 튀지 않나요?"

"일단 나도 입을 생각인데……."

"어? 있어요?"

"그게 말이지. 기왕이면 추억으로 남기 좋게 입고 가려고."

"아마네 군의 유카타 차림……."

마히루는 아마네도 유카타를 입는다는 말에 갑자기 안절부절 못하기 시작했다. 아마네는 남자의 유카타 차림을 봐서 뭐가 좋은 거냐고 속으로 중얼거렸다.

스스로 깎아내리는 건 아니지만, 여자의 유카타 차림은 예쁘고 보기 좋아도 남자는 그렇지 않다. 분위기는 그럴싸하겠지만, 감상할 가치가 없다.

그런데 마히루는 보고 싶다는 듯이 힐끔힐끔 아마네를 보고 있다. 귀여운 여친이 간절히 바라는 것이니까 유카타를 입고 갈 작정이다. 기왕 마히루 옆에 나란히 설 거라면 유카타 차림이 그나마 더 근사하게 비칠 것이다.

"그 뭐냐. 마히루가 보고 싶다면 기꺼이 입을게."

"보, 보고 싶어요."

"바로 대답하네. 난 상관없지만, 너무 기대하지 마. 나는 평범한 유카타니까."

무늬가 없는 남색 바탕에 팥처럼 붉은색 띠를 조합한 수수한 의상이니까 특별히 눈에 띄거나 화려한 것도 아니다.

그런데도 기대하는 눈으로 보니까, 아마네는 쓴웃음을 지으며 "최대한 잘 어울리게 입을게."라고 말하고 마히루의 머리를 쓰다듬었다.

　아마네와 마히루는 축제가 시작되기 한 시간 반 전에 준비를 시작했다.

　마히루는 치토세와 함께 유카타를 챙겨서 자기 집으로 돌아가고, 아마네는 혼자 유카타를 입기 시작했다.

　유카타도 입으려면 지식이 필요한데, 마히루 쪽은 걱정하지 않는다. 마히루는 기모노도 입을 줄 아니까 유카타 정도는 손쉽게 입을 것이다.

　문제는 아마네인데, 시호코가 지식을 주입했다고는 해도 실천한 적이 없어서 잘 입고 있는지 불안해진다.

　다 입고 나서 거울을 보고 확인했지만, 일단 모양새는 갖춰서 옷매무새가 흐트러지진 않았다.

　무늬가 없는 남색 바탕에 팥처럼 붉은색 띠를 조합해서 간소한 유카타. 튀는 것을 별로 좋아하지 않는 아마네는 이러한 색을 선택해 줘서 고마웠다.

　그럭저럭 키가 큰 것이 좋게 작용해서 거울로 보는 아마네 자신은 그럴싸한 분위기가 났다.

　원래부터 좋든 나쁘든 조용한 생김새여서 차분한 분위기로 정리되었으니까, 아마도 어울리는 차림이라고 할 수 있겠지.

　마히루의 옆에 나란히 서서 부족하지 않을지는 남들의 판단에 맡긴다.

타인의 시선이나 평가도 궁금하지만, 결국 자기 자신이 어떻게 생각하는지와 마히루가 어떻게 생각하는지가 중요하다.

옷매무새 정리와 머리 세팅이 먼저 끝난 아마네는 소파에 앉아 느긋하게 기다렸다.

여자는 치장하는 데 시간이 걸리는 걸 알고, 여유 시간을 두고 준비하는 거니까 아무 문제도 없다.

유카타라면 평소보다 옷을 입는 시간이 더 걸릴 테고, 머리도 묶어서 올릴 테니까 세팅 시간도 평소의 1.3배는 될 것이다.

게다가 메이크업까지 하니까, 여자들은 참 대단하다고 아마네는 솔직히 감탄했다.

(마히루는 아무것도 안 해도 당연히 귀엽지만, 멋을 내면 더 빛나니까 굉장하단 말이지.)

남친에게 귀엽게 보이고 싶다는 기특한 노력에 흐뭇한 기분과 말로 표현할 수 없는 행복을 느끼며 느긋하게 시간을 보내고 있는데, 아무래도 준비가 끝난 듯 현관에서 문을 여는 소리가 들렸다.

여친이 꾸민 모습을 기대하는 아마네는 그쪽을 돌아보지 않고 다가오기를 기다렸다. 그러자 "아마네 군." 이라고 작게 말을 거는 소리와 함께 누군가가 어깨를 톡 쳤다.

아마네는 그제야 돌아보고—— 입가에 미소를 지었다.

"귀여워. 잘 어울려."

"그, 그렇게 금방 판단할 수 있어요……?"

"당연히 그럴 수 있지. 보기만 해도 알 수 있어."

미리 준비한 말이 아닐까 마히루가 미묘하게 의심하는데, 아마네가 본 소감을 그대로 전한 거니까 어쩔 수 없다.

아마네는 시호코의 안목이 얼마나 우수한지 새삼스럽게 실감했다.

마히루와 아마네가 나란히 서는 것을 고려했는지, 마히루의 유카타는 흰 바탕에 자양화를 그려 차분하면서도 밝은 느낌이 들었다.

농담이 짙게 드러나는 남색과 연보라색으로 그린 자양화가 정말이지 어른스럽고 청초한 느낌을 물씬 자아낸다. 계절과 조금 어긋난 느낌을 부정할 수 없지만, 그래도 아주 잘 어울린다.

유카타에 매는 띠는 밝은 보라색으로 간소한 디자인의 유카타를 더욱 돋보이게 한다. 띠를 고정하는 부분에는 문양을 넣은 유리구슬을 장식해서 시원한 느낌을 물씬 풍겼다.

청초한 분위기를 체현한 듯한 마히루의 모습을, 아마네는 단단히 바라보며 미소 짓는다.

"항상 귀엽긴 하지만, 오늘은 청초함 속에 어른스러운 느낌이 있어. 색감이 확 드러난다고 할까? 그야 내 입으로 귀엽다고 했고, 정말로 귀엽긴 한데, 그보다는 아름답다는 느낌에 가까워. 응, 잘 어울려."

"그, 그래, 요?"

아마네가 진지하게 소감을 밝히자 다소 부끄러워하던 마히루가 차분하지 못한 기색으로 옆머리를 만지작거린다. 그 모습을 보고 아마네는 무심코 웃어 버렸다.

머리를 묶어 올린 마히루는 비녀로 머리를 고정했는지, 움직일 때마다 은색 줄이 살랑살랑 흔들리고 있다.

비녀는 남색 천연석에 띠와 비슷한 디자인의 유리구슬로 장식해서, 왠지 모르게 아마네가 입은 유카타와 비슷한 분위기를 느끼게 했다.

"마히룽 마히룽, 저건 원래 저런 성격이야."

"알아요. 사무치게 깨달은 바예요."

"나 지금 혼나는 거야?"

"칭찬하면서 원망하는 거랄까~?"

"그게 뭔데."

의미를 몰라서 눈을 흘기지만, 치토세는 웃기만 하고 마히루는 몸을 비틀듯 움츠리며 부끄러워하는 탓에 무슨 뜻인지 물어볼 수 없다.

다만 마히루도 싫은 눈치가 아니니까, 나쁜 뜻은 아닐 것이다.

"아, 아마네 군도, 잘 어울려요……."

"그래? 고마워. 마히루가 그렇게 말해 주면 기뻐."

일단 그럭저럭 잘 입었다고 생각하지만, 마히루가 보증해 주면 완벽하다. 조금은 여친 눈에 콩깍지가 씐 것 같지만, 칭찬받으면 역시 기쁜 법이다.

아마네는 칭찬을 순순히 받아들였다고 생각했는데, 어째서인지 마히루의 눈에서는 살짝 못마땅한 기색이 드러났다.

"내가 뭔가 실수했어……?"

"자기만 쑥스럽게 하다니 치사하다는 뜻 아닐까~."

"치, 치토세 양."

해설을 듣고 허둥대는 마히루의 반응은 치토세의 말이 진실임을 여실히 알려 준다.

보아하니 아마네도 쑥스러워하길 바란 것 같은데, 아무리 그래도 이 정도로는 낯부끄럽지 않다. 기쁘기도 하고 낯간지럽기도 하지만, 마히루처럼 부끄러워하지는 않겠지.

알아보기 쉽게 동요한 모습을 본 치토세도 즐겁게 웃고, "아유 귀여워라."라며 마히루에게 찰싹 달라붙어 마구 쓰다듬고 있다.

머리와 옷차림, 화장이 망가지지 않게 만지는 치토세의 묘한 손놀림에 감탄해야 할까, 아니면 귀여워해도 되는 사람은 아마네 자신뿐이라고 주장해야 할까.

마히루는 더더욱 부끄러운 듯 뺨을 붉게 물들였다. 아마네는 귀여우니까 둘이서 사이좋게 지내는 걸 구경해도 되겠지 싶어서 흔쾌히 허용하고, 두 사람이 노는 모습을 훈훈한 눈으로 지켜보기로 했다.

"오오, 유카타 입었네."

축제가 열리는 행사장 근처 역으로 가자 이츠키가 일찌감치 기다리고 있었다.

아무래도 유카타 차림으로 올 줄은 예상하지 못한 듯, 아마네 일행을 보고 감탄한 듯 눈을 휘둥그레 뜨고 있다.

"며칠만이야. 우리 유카타는 어머니가 보내줬어."

"으헤, 너희 어머니 안목은 대단한걸. 잘 어울려."

"우리 어머니는 이럴 때 센스가 무지막지하게 좋단 말이지."

마치 둘이서 한 세트인 것처럼, 두 사람이 함께하는 것을 전제로 맞춘 유카타 같아서 무심코 감탄하고 만다.

나중에 감사할 겸 유카타를 입은 마히루의 사진을 보내기로 결심하고 다시 이츠키를 본다.

이츠키는 평범하게 간소한 사복인데, 데님 바지나 셔츠를 대충 입기만 해도 멋이 나니까 꽃미남은 참 죄가 많다.

이 정도면 유카타를 입어도 잘 어울리겠지만, 본인이 입지 않으려고 하는 것을 아니까 굳이 말하지 않는다.

"응응. 미녀의 유카타를 봐서 눈이 호강하는걸."

"잠깐, 잇군. 나는~?"

"치이는 언제 어디서나 귀여우니까."

"팩 하면 배꼽 잡고 웃으면서."

"그런 치이도 귀여워, 귀여워."

"떠올리고 웃고 있잖아!"

찰싹찰싹. 조금 세게 때리는데도 어깨를 들썩이며 웃는 이츠키에게 마히루도 쓴웃음을 짓고 있었다.

참고로 아마네도 고향 집에 귀성했을 때 얼굴에 팩을 붙인 마히루를 본 적이 있다. 이상하다거나 웃긴다는 느낌보다도 미모를 유지하는 것도 힘들구나, 대단하다 하고 감탄했던 기억이 있다.

그때는 아마네까지 팩의 희생양이 될 뻔해서 완강히 거절했지만.

이 얼굴도 열심히 예쁘게 관리하니까 가능한 거겠지. 그렇게 생각하고 마히루의 뺨을 화장이 지워지지 않게 손끝으로 쓰다듬자 마히루가 간지럽다는 듯이 웃는다.

그것만으로 일행을 보던 주위 사람들이 숨을 삼키니까, 아마네는 자기 여친이 정말 미인임을 다시금 자각했다.

"여친이 귀여우면 너무 눈에 띄는걸."

"아니, 너희 둘이서 나란히 서 있는 시점에서 눈에 띈다고⋯⋯."

"뭐, 요새는 여름 축제라고 유카타를 입고 오는 사람도 별로 없으니까, 필연적으로 눈에 띄겠지."

"아니, 그야 그렇긴 한데. 그렇지 않다고 해야 하나⋯⋯ 아무렴 어때."

이츠키가 "이래서야 원." 하고 어깨를 으쓱하는데, 아마네는 이를 무시하고 마히루를 살짝 끌어당겼다.

주위에 내 거라고 주장해 견제하는 의도를 담은 행동에 마히루는 눈을 깜빡이지만, 그 의미를 이해했는지 뺨을 희미하게 물들이며 흔쾌히 아마네의 팔에 밀착했다.

마히루의 모습을 본 치토세와 이츠키가 히죽히죽 웃지만, 본인은 아랑곳하지 않고 아마네에게 몸을 기대고 있다.

"우리도 질 수 없겠는걸. 여보게."

"하하하. 더 가까이 오너라."

신나서 대항하듯 밀착하는 두 사람에게 쓴웃음을 지으며, 아마네는 딱 달라붙은 마히루를 내려다보았다.

살며시 올려다보는 마히루가 신뢰에 찬 눈빛을 보여서, 아마네도 그 믿음에 부응하듯 옆에 있던 작은 손을 잡는다.

"그러면 슬슬 출발할까. 우두커니 서 있어도 소용없어."

"슬슬 축제도 시작할 거니까. 좋아~ 먹자~."

이츠키의 팔에 달라붙은 치토세가 사랑보다 먹을 것을 우선하는 발언과 함께 힘차게 손을 들었다. 이츠키도 웃고, 두 사람은 축제가 열리는 곳으로 몸을 돌려 걷기 시작한다.

아마네도 잠시 마히루의 눈을 보고 웃은 다음, 마히루의 손을 꼭 잡고 두 사람을 뒤따랐다.

넷이서 온 축제장은 이미 성황 중이었다.

평소에는 인적이 드문 구역인데도 오늘은 그 인상을 뒤집듯 사람들로 넘쳐난다.

최근 1, 2주 사이 가까운 곳에서 다른 축제가 없었다는 점도 성황의 요인일 것이다.

언뜻 보기에 유카타 차림을 한 사람도 적어서, 유카타를 입고 걸으면 눈에 많이 띌 것 같다. 눈에 띄는 가장 큰 이유는 마히루의 미소녀 레벨 때문이지만.

"사람이 꽤 많네."

"그러네. 흩어지지 않게 조심해야겠는걸."

"마히룽도 아마네를 놓치면 안 되는걸?"

"놓치지 않을 거예요……."

딱 붙어서 손을 꼭 잡는 마히루에게, 아마네도 손가락을 엮듯이 잡고서 절대로 놓치지 않겠다고 다짐한다.

놓쳤다간 확실하게 막 되어 먹은 남자가 다가올 것이다. 그럴 수밖에 없겠지. 이렇게 귀여운 여자애가 있다면.

대놓고 휘파람 소리를 내는 이츠키에게 '어차피 너희도 잡을 거잖아.' 라는 뜻으로 시선을 보내고, 아마네 일행은 축제 회장에 늘어선 노점과 거리를 구경한다.

"마히루, 구경하고 싶은 거 있어? 먹고 싶은 거라든가."

"이런 데는 처음 와서 잘 몰라요……."

"그렇구나. 일단 무난하게 뭐 좀 먹을까?"

가족끼리 외출한 적이 거의 없다던 말이 생각나서 조금 침울한 기분을 느끼면서도 격려하듯 웃자 마히루도 작게 웃는다.

"아, 난 솜사탕 먹고 싶어~."

"초반부터 저걸 사면 부피만 차지하고, 내버려 두면 눅눅해지잖아……."

치토세는 의외로 잘 먹으니까 금방 먹어 치운다면 문제가 없을 것 같다.

다만, 초반부터 단것을 먹기 전에 배를 채우는 것이 좋을 것 같기도 하다.

아마네는 무난하게 볶음국수나 문어풀빵 언저리를 먼저 공략하고 싶지만, 유카타 차림이니까 소스는 조심해야 하고, 애초에 마히루가 먹고 싶은 것을 우선할 생각이다.

"축제 음식으론 어떤 게 있어요?"

"식사류라면 볶음국수나 문어풀빵, 오징어 구이랑 프랑크푸르트 소시지 정도일까. 배를 채우는 거라면 지금 말한 종류가 많아."

"걸으면서 정하면 안 되나요?"

"나는 딱히 상관없어. 그런 것도 축제의 묘미니까."

무엇을 먹을지 정하고 움직여도 좋지만, 좋은 것을 찾아 걷는 것도 괜찮을 것이다. 오히려 그쪽이 축제로서는 더 즐길 수 있을지도 모른다.

이츠키와 치토세에게 '어때?' 라고 시선을 보내자 상관없다는 대답과 함께 고개를 끄덕였다. 그래서 그 노선으로 가려고 마히루를 데리고 인파 속으로 파고들듯이 걷기 시작했다.

노점을 구경하면서 대충 돌아다니며 군것질을 하다 보니 축제의 단골인 사격 게임장이 보였다.

축제 특유의 노점이라고 하면 사격 게임장을 떠올리는 아마네로선 모처럼 발견했으니 놀고 싶지만, 마히루가 흥미를 보이지 않는다면 패스해도 상관없다고 생각하고 있었다.

손을 잡고서 두리번두리번 노점을 둘러보고는 즐거운 듯 눈을 빛내던 마히루는 아마네의 시선을 좇다가 눈을 깜빡였다.

"아마네 군, 저긴 뭐죠?"

"아, 사격 게임장이야. 코르크를 쏘는 총으로 쏴서 떨어뜨린 경품을 받을 수 있어. 해 볼까?"

아마네가 무슨 일이든 경험이 제일이라고 생각하며 지갑을 꺼내 흔들자, 마히루는 조금 난처해하면서도 호기심을 이기지 못했는지 고개를 끄덕끄덕 움직였다.

마침 잘됐다고 가게 주인에게 돈을 주고 총과 코르크 총알 다섯 발을 받아서 마히루가 쏠 수 있도록 장전한다. 가게 주인에게 맡기지 않고 자기 손으로 준비할 수 있게 된 건 아마네의 부모님이 축제에 자주 데려가 준 덕분이리라.

"자, 다 됐어. 뭘 노릴까?"

"저게, 귀여워 보여요……."

마히루는 플라스틱 케이스에 담긴 머리핀을 손가락으로 가리켰다. 자양화 모양의 장식이 달린 머리핀은 마히루가 지금 입은 유카타의 장식으로 어울릴 것 같고, 디자인을 봐도 귀엽다.

다만 아마네는 사격 게임 경험이 있다 보니까 저런 것은 비교적 떨어뜨리기 어렵게 조정하는 경우가 많다는 것을 안다. 그래서 사격 게임 초심자에게 추천하지 않는 표적이다.

하지만 마히루의 자유의사를 존중하고 싶으니까 그런 이야기는 하지 않고, 쏘는 방법이나 자세를 가르치면서 마히루의 실력에 맡기기로 했다.

장난감에 가깝다고는 해도 미소녀가 총을 겨누는 모습도 참 좋다고 조용히 생각하면서 지켜보는데, 마히루는 실로 진지한 표정으로 총을 겨누고 방아쇠를 당긴다.

뻥 소리가 나고 총알이 날아가…… 그대로 뒤에 있는 천에 맞는다.

"으으, 어렵네요."

"그야 처음에는 조준하는 것도 어렵지."

경품과의 거리가 얼마 안 된다고 만만하게 봐서는 안 된다.

총의 위력이나 발사 속도에 따라 각도를 조절해야 하고, 쏠 때는 흔들리지 않도록 해야 한다. 애초에 사실은 총에 따라서 감각이 다르니까, 그것을 잘 파악하지 않으면 경품에 스치지도 않는다.

　참 심오하다고 부모님에게 쓸데없이 잘 배운 기술과 지식을 떠올리며 웃자, 마히루는 자신을 보고 웃었다고 착각했는지 "다음에는 꼭 맞히겠어요."라며 단단히 의욕을 내더니 아마네에게 배운 대로 총알을 장전하고 쐈다.

　결국 전부 빗나가는 바람에 그 의욕이 전부 탄식으로 바뀌지만.

　가게 주인에게 참가상인 막대 모양 과자를 푸짐하게 받은 마히루가 기운을 잃는다.

　"빗나갔어요."

　"처음이면 어쩔 수 없다니까."

　"맞아, 처음에는 누구나 그래. 원통함은 아마네가 풀어 줄 거야. 자, 아마네. 멋진 모습을 보여 줘~."

　"남의 일이라고 속 편하게 말하지 마."

　원래부터 마히루가 원하는 것을 못 따면 아마네도 도전할 예정이었지만, 쉽게 말했다간 실패했을 때가 곤란하다.

　다만 마히루도 조금 서운한지 노렸던 헤어핀을 보고, 다시 아마네를 올려다보았다.

　"저거, 갖고 싶어요……."

　"그런 소리를 들으면 힘낼 수밖에 없는걸."

　이건 딱 봐도 치토세가 조르는 법을 가르쳤을 게 뻔하다. 그렇게 귀여운 눈으로 바라보는 마히루에게 "이러면 놓칠 수 없겠는걸." 하고 쓴웃음을 짓고, 아마네 역시 가게 주인에게 돈을 준 다음 총과 총알을 받았다.

그래도 오랜만인데, 잘될까? 총의 감각을 확인하면서 부담을 느끼지 않게 하면서 조준하고 방아쇠를 당긴다.

매끄럽게 날아간 코르크 총알은 곧장 헤어핀 케이스를 향해 날아가 가장자리를 스쳤다.

케이스가 약간 흔들리긴 했지만, 넘어지지는 않는다.

"아~ 아쉬워라."

"아니야, 이거면 됐어. 감각을 잡고 총의 특징을 알아보려는 거였으니까."

애초에 첫발부터 딱 각오였던 것은 아니다.

시험 삼아서 쏜 것이고, 실제로 가볍게 스친 정도였다.

다만 총을 잡은 감각과 쏜 감각, 경품이 닿은 감각에서 이 가게의 총이라면 괜찮을 거라는 감이 왔다.

총의 상태에 따라서는 경품을 맞혀도 넘어뜨릴 수도 없는 것도 있으니까, 이번 것은 문제가 없을 것 같다. 조준과 명중 위치만 좋으면 웬만한 것은 넘어뜨릴 수 있겠지.

아마네는 감이 무뎌지지 않은 것에 안심하면서 다시 장전하고 조준했다.

마히루를 위해서라면 이 가게 제일의 경품인 대형 장난감이라도 맞힐 작정이지만, 원하는 것은 헤어핀이므로 그것만을 노린다.

(그리운걸.)

초중학생 때 자주 축제에 끌려간 옛 추억을 떠올리며 조용히 방아쇠를 당기자 이번에는 케이스 한복판에서 약간 위쪽에 맞았다.

한복판에 맞혀도 떨어뜨릴 수 있을지 어떨지 위태로웠지만, 중심을 흔드는 데 집중해 어떻게 균형을 무너뜨릴지 조심스레 쏜 총알은 의도대로 케이스를 흔들어 쓰러지게 했다.

구경하던 주위의 손님들 사이에서 희미하게 술렁거리는 소리가 들렸다.

이번에 빗나갔으면 창피했겠다고 생각하면서 남은 총알로 겸사겸사 적당히 가벼워 보이는 과자를 맞혀 경품을 회수하자 주인이 상냥하면서도 미묘하게 핼쑥한 표정을 짓고 있었다.

(너무 많이 잡으면 영업방해가 되겠지?)

한때는 경품을 너무 많이 따서 가게에서 거부당할 뻔했던 시호코가 생각나 "미안해요."라고 어깨를 으쓱한 다음 획득한 경품을 받는다.

"이거면 되지?"

뒤돌아서 사격 게임으로 딴 머리핀 케이스를 들어 보이자 마히루가 수줍은 듯 고개를 끄덕인다.

"고, 고마워요. 설마 정말로 딸 줄은……."

"뭘 그렇게 쉽게 따는데?"

"이런 건 잘하니까."

"와, 훈남이네. 짜증 나."

"어째서……."

치토세가 먼저 보챘는데도 막상 아마네가 따고 나니까 불평을 듣는다는 부조리함을 체감하고 말았다.

"뭐, 아마네는 이런 걸 잘한단 말이지. 게임 센터에서 총을 쏘는 게임을 하면 고득점을 내잖아."

"이런 쓸데없는 곳에도 교육에 힘을 쏟았단 말이지……. 인생이 풍족해진다나 뭐라나."

"아니, 그 덕분에 시이나 양이 원한 것을 얻었으니까 잘된 거잖아."

"그것도 그러네."

마히루가 원하는 것을 얻을 수 있었던 것은 사실이니까 부모님께 감사한다.

특기라고 우길 수 있을 정도로는 실력이 늘었다고 웃으면서 경품인 헤어핀을 케이스에서 꺼내 마히루의 앞머리를 슬쩍 잡아서 고정한다.

우연이지만 유카타와 디자인이 비슷해 통일감이 있고 분위기도 잘 맞았다.

"응, 귀여워. 잘 어울려."

간소하면서도 아기자기한 디자인이라서 실생활에서 사용하기도 좋겠다며 잘 어울리는 마히루의 얼굴을 들여다보며 웃었다. 뺨을 장밋빛으로 물들인 마히루가 "감사합니다."라고 속삭인다.

쑥스러운가 보다고 마히루의 마음을 헤아렸을 때 이츠키가 "아마네 넌 시이나 양 한정으로 여자를 홀리는 재주가 있구나."라고 영문도 모를 감상을 말했다. 아마네는 부끄러움과 기쁨을 드러낸 마히루의 머리를 쓰다듬고 이츠키를 무시하기로 했다.

"마히룽, 기분이 참 좋아 보여."

아마네가 딴 헤어핀을 착용한 마히루는 기분이 무척 좋아 보였다.

치토세가 지적하지 않을 수 없을 정도로 기뻐하는 분위기를 물씬 풍기고 있다.

더군다나 잔잔한 미소까지 주위에 드러내고 있으니까, 자칫하면 지나가던 남자들의 심장까지 저격할 것 같아서 정말 두렵다.

주위 남자를 사로잡는 모습은 천사님 그 자체인데도, 그 미소는 마성을 띤다.

천하의 이츠키도 마히루가 이토록 들뜬 모습은 처음 보는지 머쓱하면서 낯간지러운 기색을 보였다.

어느 정도 내성이 있어야 할 아마네조차 가슴이 뛰는 것을 억제할 수 없다.

"야, 아마네, 이건 멈춰야 해."

"나도 그렇게 생각해. 귀엽지만 피해가 막심할 거야."

자칫 잘못해서 마히루에게 해를 끼치려는 사람이 나타나도 곤란하므로, 아마네는 행복한 듯이 미소를 짓는 마히루의 손을 잡아당기고 귓가에 얼굴을 가까이 댔다.

"마히루. 좋아해 줘서 기쁘지만, 그런 얼굴을 남들에게 보여 주면 안 돼. 나쁜 사람이 납치할 것 같으니까…… 게다가."

"게다가?"

"그렇게 귀여운 얼굴은 나와 둘만 있을 때 보여 주지 않으면, 싫어. 나만의 것으로 하고 싶으니까."

© Hanekoto

그래서 남들에게 보여 주기 싫다고 마히루에게만 들리게 속삭이자, 화르르 소리가 날 기세로 얼굴을 붉힌 마히루가 완성되었다.

열심히 고개를 끄덕여 주는 모습은 솔직하고 갸륵하고 귀여운데, 아까 한 머리핀이 어긋나고 말았다.

마히루를 멈추고 조심스럽게 핀의 위치를 고친 김에 뺨을 쓰다듬었다. 마히루가 잠깐 굳더니 아마네의 팔뚝에 가볍게 이마를 대서 얼굴을 가리고 말았다.

아마도 쑥스러운 거겠지. 그렇게 생각하고 마히루의 손을 손끝으로 어루만지자 제대로 반응하니까 완전히 용량을 오버한 것도 아닌 듯하다.

"거기 두 사람, 매료가 멈춘 것은 좋은데 이번에는 보는 사람이 죽겠거든?"

"마히루가 귀여우니까 어쩔 수 없어."

"아니 이번에는 네 잘못이고, 원인도 너야. 아마네 널 음침하다고 평가하던 여자들에게 지금 각성한 모습을 보여 주고 싶을 정도인데."

"갑자기 무슨 소리야."

"마히룽도 아마네한테는 약하네. 파괴력이 곱빼기잖아."

아마네는 각성이 대체 무슨 소리냐고 황당해하면서 밀착한 마히루에게 시선을 돌렸다. 마히루는 고개를 들어서 미묘하게 눈을 흘기고 있었다.

"아마네 군, 아까 들은 말은 아마네 군에게 그대로 돌려주겠어요."

"그, 그래?"

"꼭 명심하세요."

아주 신신당부하는 바람에 고개를 끄덕이자 조금 안심한 듯 마히루가 이마로 팔뚝을 꾹꾹 눌렀다.

이런 스킨십을 좋아한단 말이지. 아마네가 그렇게 생각하면서 마히루가 원하는 대로 하게 내버려 둘 때, 치토세가 히죽히죽 웃고 있는 것이 눈에 들어왔다.

"마히룽 한정 천연 난봉꾼은 여전하네."

"난봉꾼⋯⋯? 야."

"마히룽도 싫은 눈치는 아니니까 나는 말리지 않을 거지만~. 그나저나 출출하니까 저기 오징어 구이 사러 가지 않을래? 속이 달짝지근하니까 짠 걸 먹고 싶어."

"너 아직 단것도 안 먹었잖아⋯⋯."

"이건 그런 뜻이 아니거든요~. 됐으니까 가자. 주위 사람들을 생각해서라도."

주위 사람을 생각한다는 말을 듣고 시선을 슬쩍 돌리자 얼굴을 붉힌 손님들과 눈이 마주쳤다.

남녀 모두가 부끄러워하는 마히루의 모습과 그 귀여움에 당한 것이리라. 남자들이 소소하게 질투하는 눈으로 보니까 확실하다.

사람들이 많이 있는 곳에서 마히루를 쑥스럽게 하는 건 아니었다며 작게 후회하면서, 치토세의 제안에 따라 마히루의 손을 잡아당겨 오징어 구이 노점을 향해 걷기 시작했다.

"음, 역시 축제에서 먹는 밥은 맛이 다르네. 분위기 효과이지만."

조금 전에 볶음국수와 닭튀김을 먹었는데도 여유로운 표정으로 오징어 구이를 덥석 물고 있는 치토세의 표정은 참으로 행복해 보였다.

노점이 쫙 깔린 큰길에서 조금 벗어난 곳에 마련된 휴식 공간에서 서서 먹고 있는데, 역시나 이런 곳에서도 힐끔힐끔 보는 시선은 느껴지는 법이다.

(뭐, 마히루도 치토세도, 타입은 달라도 똑같이 미소녀니까.)

청순가련을 체현한 듯한 미소녀 마히루와 활발하고 애교 있는 보이시함이 매력인 치토세. 각자 성향은 달라도 미소녀라는 사실은 틀림없다.

그렇다면 당연히 눈길을 끈다.

더군다나 지금은 치토세가 오징어 구이를 흥미롭게 지켜보던 마히루에게 "앙~." 소리를 내고 먹이고 있으니까. 귀여운 두 사람이 친근한 스킨십을 보이면 남자들의 시선이 쏠리기 마련이다.

맛있었는지 부드럽게 미소를 짓는 마히루를 보고서 황홀한 탄식을 쏟아내는 남자가 보일 정도니까, 정말이지 그림처럼 잘 어울리는 광경이리라.

"귀여운걸."

"귀엽지만, 우리를 방치하고 있는데."

"왜, 질투하는 거야?"

"여자끼리 사이좋게 지내는 모습에 질투하진 않아."

"하하, 그럼 지켜보라고. 저것도 나름 괜찮은 것 같은걸."

이츠키는 미소녀끼리 즐기는 모습은 차원이 다르다고 조금 변태처럼 말하는데, 아마네도 그 마음은 조금 이해할 수 있다.

다만 입 밖으로 꺼냈다간 자기도 변태가 될 것 같아서 도로 삼키고 두 사람이 사이좋게 웃는 모습을 바라보는데── 근처에서 "어? 시이나 양?" 하는 목소리가 들렸다.

돌아보니 같은 반 남자들 몇 명이 마히루와 치토세를 보고 있었다.

이쪽도 축제를 만끽 중인지, 탈을 쓰고 있거나 솜사탕 봉지를 들고 있는 등 알기 쉽게 축제를 즐기고 있는 것을 알 수 있었다.

먼저 반응한 것은 이츠키로, 여전히 우호적이고 상큼한 미소로 그들에게 손을 흔들며 다가간다.

"오~ 너희도 축제 구경 왔냐~?"

"시라카와 양이 있다면 당연히 이츠키도 있겠지. 그렇다면 후지미야도?"

"여기 있다."

이츠키처럼 손을 흔들지는 않지만, 가볍게 손을 들자 남자들이 술렁거린다.

"으엑, 유카타?"

"유카타를 입으면 안 돼?"

예상 밖이라는 뜻이 여실히 전해지는 음성에 쓴웃음이 절로 나온다.

"아니, 뭔가 그럴싸하다고 할까……."

"그냥 입기만 했을 뿐인데."

유카타 말고는 특별한 요소가 없으니까 지극히 평범할 텐데도 이들의 눈에는 유카타의 분위기가 특별해 보이는 모양이다.

자꾸 빤히 쳐다보면 뭐라고 말할 수 없이 멋쩍고 낯간지러운 기분이 들어서 얼굴이 떫어지는데, 느긋하게 다가온 마히루의 모습을 보자 그것도 풀렸다.

"어머. 오랜만이라고 할 정도는 아닐지도 모르지만, 종업식 이후로군요. 여러분도 잘 지내시는 것 같아서 다행이에요."

"오오…… 유카타를 입은 시이나 양이야……."

아마네로선 하나도 빠짐없이 쳐다보는 반 남자들의 반응도 예상한 바니까 아랑곳하지 않고 마히루를 보는데, 그 시선을 알아챈 마히루가 살짝 뺨을 물들인다.

그것만으로도 반 남자들이 딱딱하게 군으니까 마히루가 얼마나 귀여운지 똑똑히 알 수 있다.

"시이나 양. 유카타 정말 잘 어울려."

"고마워요. 그렇게 말씀해 주셔서 기쁘네요."

칭찬을 듣고도 쑥스러워하는 것은 상대가 아마네일 때뿐인지, 우아하게 대외용 미소를 지으며 찬사를 받아들이고 있다.

"그거 직접 입었어?"

"네. 그렇다고 해도 유카타 자체는 아마네 군의 어머니가 준비해 주신 거지만요……."

"유카타라면 신경 쓰지 않아도 돼. 우리 어머니는 마히루를 귀여워하기 위해서라면 뭐든지 할 것 같거든."

내년에는 기모노도 준비할 것 같다. 아마네의 집에는 기모노가 많고 외가에는 더 많으니까 신나서 마련할 것이다.

　다른 기모노 차림을 볼 수 있다고 생각하면 아마네도 속으로 '잘한다, 더 해라.' 같은 성원을 보낼 수밖에 없다.

　"그래도 역시 죄송하다고 할까요."

　"괜찮아. 우리 집은 마히루에게도 고향 같은 곳이잖아."

　아마네의 부모님도 고향으로 생각해도 좋다고 했고, 오히려 환영할 기세다. 사양했다간 부모님이 슬퍼할 것이다.

　그것을 짐작한 마히루가 수줍은 기색으로 고개를 끄덕여 가슴에 손을 댄 것을 푸근한 행복감을 맛보며 바라본 다음, 아마네는 말을 건 남자를 힐끗 봤다.

　그러고 보니 체육대회 때 따지고 든 녀석이라고 뒤늦게 떠올리지만, 그래도 대수롭지 않다.

　뭘 어떻게 하든 마히루에게는 타인에 불과한 것이다. 이들이 끼어들 틈은 하나도 없다.

　그 차이를 느끼고 기분이 좋아지는 것을 보면 성격도 참 고약해졌다고 속으로 쓴웃음이 나오지만, 양보할 마음은 추호도 없었다.

　"그럼 이만 이동할까? 노는 걸 방해하면 미안하니까 말이야."

　추가로 "치토세도 오징어 구이를 다 먹었으니까."라고 말을 덧붙이고 치토세를 보자 흥미로운 기색으로 이쪽을 보고 있었다.

　은근슬쩍 마히루의 허리를 끌어당기면서 그들에게 아마네 나름의 대외용 미소를 지어 보인다. 마히루는 놀란 듯하면서도 수줍은 기색 속에 확실한 기쁨을 드러내며 자진해서 아마네에게 밀착했다.

"네. 그러면 여름방학이 끝나고 또 봐요."

"아, 으, 응⋯⋯. 다음에 또 보자."

마히루가 웃는 얼굴로 그렇게 말하는 바람에 더는 말을 붙이지 못하고, 그들은 말로 표현할 수 없는 표정으로 아마네 일행이 자리를 떠나는 걸 보고 있었다.

그들과 멀어져 다시금 노점이 늘어선 길을 걷기 시작한 참에 이츠키가 마히루와는 반대편에 서서 얼굴을 조금 가까이 댄다.

"아마네, 방금 일부러 그런 거지?"

마히루에게 들려주지 않으려고 하는지 작은 목소리가 요란한 축제 노래에 섞여 들려온다.

"뭘 말하는 거야?"

"그래. 지금의 자세도 그렇지만, 고향 집 이야기도 말이야."

정말 이츠키는 똑똑하고 눈치가 좋은 남자였다.

아마네 나름의 결의와 주장을 잘 이해하고 있었던 것 같다.

"글쎄, 어떨까?"

"너도 참 강해졌구나⋯⋯."

이츠키가 칭찬하는 건지 황당해하는 건지 알 수 없는 투로 중얼거려서, 아마네는 칭찬으로 받아들이고 의미심장하게 웃음을 띠었다.

"다음은 빙수 먹자!"

축제 구경을 재개한 일행은 치토세의 발언에 다시 발걸음을 멈추게 되었다.

빙수를 파는 노점은 이미 지나갔다.

진행 방향에도 있겠지만, 어디에 있는지는 모르니 조금 돌아가는 것이 빠르다.

아마네로선 귀찮음보다도 또 먹는 거냐고 당황스러운 마음이 더 강하다.

"대체 어느 위장에 들어가는 거야……."

"이런 위장에 들어가는걸."

치토세가 배를 툭툭 두드리는데, 마히루 못지않게 날씬한 것만 알 수 있다. 이 배에 볶음국수와 닭튀김과 오징어 구이가 다 들어갔으니까 놀랍기만 하다.

대체 어디에 들어가는 건지 싶어서 정색하고 치토세의 배를 보는데, 마히루도 똑같이 생각했는지 쓴웃음을 짓고 있었다.

"치토세 양은 살이 안 찌죠? 굉장히 날씬해서 부러워요."

"건강한 몸매지. 쭉 빠졌고 말이야."

"에헤헤, 더 칭찬해 줘."

"치이는 정말 날씬해……. 안았을 때도 엄청 가냘픈걸."

평소 자주 달라붙는 이츠키니까 치토세의 세세한 부분도 잘 알고 있을 것이다.

이츠키가 특별히 뚱뚱한 것도 아니다. 평균적인 체형인데도 치토세의 몸매가 눈에 확 띄니까 엄청나게 날씬한 셈이다.

그러면서도 근육이 살짝 드러나면서도 딱딱하지 않은 절묘한 몸매를 유지하고 있으니까 치토세의 노력을 엿볼 수 있다.

"잘 먹는데도 살이 안 찐단 말이지."

"신진대사가 활발하니까."

"치이는 체질적으로 살이 잘 안 찌니까. 그만큼 다른 부분에도 살이 안 붙지만."

"잇군…… 이리 와 봐."

말실수했군. 그렇게 한순간에 깨달은 것은 치토세가 상냥하게 미소를 지으면서 억양이 없는 목소리를 냈기 때문이리라.

치토세가 은근히 의식하는 사실을 건드렸으니 당연히 화내겠지. 남친이니까 더더욱 화가 난 것 같다.

"미안해. 말실수니까 다리는 걷어차지 마."

"매번 말하지만, 잇군은 꼭 군소리를 달더라? 저기서 사이좋게 이야기할까?"

치토세는 싱글벙글 웃으며 이츠키의 팔에 달라붙어 잡아당겼다. 명복을 빈다고 속으로만 이츠키에게 애도를 표한다.

"가만히 있으면 절반은 갈 텐데……."

"뭐라고 했어?"

"아니, 아무 말도 안 했어."

여기에 불똥이 튀는 것은 사양하고 싶으므로 가볍게 부정하고, 옆에서 난처한 기색을 보이는 마히루에게 이츠키의 구원 요청을 무시하라고 일부러 미소를 짓는다.

"마히루는 빙수 뭐 먹을래?"

"네……? 따, 딸기 밀크……?"

"응, 그러면 사러 갈까? 치토세~ 먼저 가서 빙수 사 올 테니까 거기서 사이좋게 지내."

"네~이."

이츠키를 위압하면서도 웃는 얼굴로 돌아보며 대답하는 치토세에게 작게 웃고, 아마네는 마히루의 손을 잡아당겨 왔던 길을 돌아가기로 했다.

두 사람이 빙수를 사고 돌아와도 치토세의 잔소리는 끝나지 않았다.

길을 조금 벗어난 곳에서 다정하게 대화 중인 두 사람을 멀찍이서 바라보며 어깨를 으쓱한 아마네는 팔에 밀착해서 차마 뭐라고 할 수 없다는 듯 쓴웃음을 짓고 있는 마히루를 본다.

"아직도 저러고 있네······."

"사이좋죠?"

"그야 쟤네 나름대로 장난치는 방식이겠지. 치토세가 약간 화나긴 했지만."

"아, 아하하······."

진심으로 화난 게 아님을 아니까 말리지는 않고, 손에 든 빙수 컵을 마히루에게 건넸다.

"받아, 마히루."

"고마워요. 아마네 군은······ 조금 고풍스럽네요."

"사실은 말차 팥빙수가 좋지만, 아무래도 그건 노점에 없더라고."

참고로 아마네는 말차맛 빙수를 선택했다.

있으면 말차 팥빙수를 골랐을 테지만, 아무래도 노점에서 단팥과 떡을 요구하긴 어려우므로 하는 수 없이 타협했다.

"아마네 군도 그렇게 단것을 먹는군요. 평소엔 자주 먹지 않는데 말이죠."

"딱히 단것을 싫어하는 건 아니야. 즐겨 먹지 않을 뿐이지. 단팥은 좋아해. 특히 알맹이가 보이게 만든 팥소를."

단것은 굳이 찾아서 먹지 않을 뿐이지 보이면 먹는다. 아마네가 스스로 먹으려는 건 커스터드 종류 정도겠지. 그것도 자주 안 먹으니까 좋아한다는 이미지는 생기지 않는다.

단팥을 좋아하는 이유는 말차나 녹차와 잘 어울리기 때문이다. 쓴 것과 단것은 서로의 맛을 살려 주고, 그만큼 잘 어울리니까 사실은 그럭저럭 좋아한다.

"그래요? 팥을 삶으려면 손이 많이 가니까, 뭔가 만들 때도 고생이 많아요."

"팥을 삶는 것부터 생각하는 마히루가 대단해. 시중에서 파는 거면 되잖아……."

보통 팥을 쑤는 것부터 시작하자는 발상은 없을 것이다. 단팥은 시중에서도 봉지로 포장한 것을 파니까, 만드는 번거로움과 시간을 생각하면 그쪽을 선택하는 사람이 압도적으로 많다.

다만 마히루는 직접 만드는 것을 먼저 떠올리는 것 같다.

"좋아하는 사람에게는 맛있는 것을 먹이고 싶은 마음이 있으니까요. 시중에서 파는 것으로는 단맛을 잘 조정할 수 없고, 알

맹이의 식감이 남지 않는 것도 많아서요."

마히루는 아마네 군이 맛있게 먹었으면 좋겠다며 기특하게 말하고 미소를 지었다. 그 모습을 본 아마네도 미안함과 사랑받는다는 실감에 행복을 느끼는지라, 뺨을 느슨하게 풀어야 할지 굳혀야 할지 좀처럼 알 수가 없었다.

"그러면 말차 푸딩에 팥소를 같이 곁들인 것을 먹고 싶어. 그리고 *도라야키도."

"후후, 네. 뭐든지 맡겨만 주세요."

마히루는 "아마네 군을 위해서라면 뭐든지 만들겠어요."라며 과장으로 들리지 않는 말을 하면서 빙수를 먹는다. 아마네는 말로 표현할 수 없는 쑥스러움을 느껴서 마음을 얼버무리듯 자기 빙수를 떠서 입으로 옮겼다.

"좋겠다~ 말차 푸딩~."

빙수를 먹고 있자니, 이츠키와 사이좋게 대화하면서도 두 사람이 하는 이야기를 듣고 있었는지 치토세가 부러워하는 눈치로 다가왔다.

"이츠키 교육은 끝났어?"

"물론이지. 정말이지 너무해~."

치토세가 엄지손가락을 척 세웠다. 아마네와 마히루는 아마도 덩달아 쓴웃음을 지으며 조금 전까지 이츠키가 있던 장소로 시선을 돌렸는데…… 거기에는 아무도 없었다.

"참고로, 이츠키는?"

---

* 도라야키 : 팬케이크 반죽으로 구운 빵 두 쪽 사이에 팥소를 넣은 일본 과자. 일본식 팬케이크.

"빙수랑 초코 바나나 사러 갔어."

"늘어났잖아……."

"위자료거든~?"

고개를 홱 돌린 치토세를 보고 이츠키의 지갑이 얇아질 것 같다고 생각하지만, 사업자득이니까 불쌍하게 여기진 않는다.

지뢰를 몇 번 밟고도 학습할 줄 모르는 이츠키지만, 두 사람에게는 일종의 스킨십이나 커뮤니케이션 같은 것일지도 모른다. 그렇다고 화나게 한 걸 두둔할 수는 없지만.

이번에는 토라진 게 오래가는지, 치토세는 아직도 입술을 삐죽 내밀고 있다.

"나라고 좋아서 작은 거 아니거든요~. 어차피 남자는 마히룽처럼 빵빵한 게 좋지?"

"그, 그런 식으로 말하는 건……."

손으로 가슴을 살짝 짚은 마히루는 치토세와 비교하면 기복이 심하다. 평균보다 큰 것은 확실하다고 보지만, 너무 신경 쓰면 마히루가 부끄러워할 테니까 지나치게 보지 않으려고 했다.

"딱히 질투하는 건 아니지만, 부러워. 마히룽은 나한테 없는 것을 많이 가지고 있는걸. 예쁘고, 몸매도 좋고, 공부도 잘하고, 운동도 잘하고, 집안일도 잘하고, 얌전하고…… 정말이지 남자의 이상형일 거야."

"그렇지는 않은데요."

"그렇거든요. 다이키 씨라면 마히룽을 보고 이런 여자를 선택하는 게 좋다고 잇군한테 말할걸."

조금 시무룩한 기색으로 웃는 치토세를 보고 오늘 혼자서 아마네와 마히루에게 찾아온 이유를 어렴풋이 짐작했다.

"다이키 씨한테 무슨 소리 들었어?"

"아니야. 그런 건 아니고, 단지 눈빛이 환영하지 않을 뿐이야."

다이키 씨란 이츠키의 아버지를 말한다.

그는 이츠키와 치토세의 관계를 환영하지 않는다.

아마네도 이츠키의 집에 갔을 때 이야기할 기회가 있었다. 다이키 씨는 치토세 같은 성격을 불편해하고, 나아가 이츠키가 훌륭한 여성을 반려로 맞이하길 바라는 마음 탓에 치토세를 호의적으로 받아들일 수 없다고 한다.

치토세를 싫어하기 이전에, 더 좋은 여자가 있지 않겠냐는 뜻이다.

"다이키 씨도 아주 싫어하는 건 아니야."

"하지만 마히룽을 보면 무조건 마히룽을 고를걸."

"그, 그야 뭐……."

치토세에게는 치토세만의 매력이 있다는 것을 안다. 마히루에게는 없는 매력도 있다.

한없이 밝고 친근하면서도 자기가 있는 포지션을 이해하고 행동할 수 있는, 그야말로 분위기를 잘 파악하는 소녀다. 일부러나사가 빠진 듯한 발언도 하지만 본질적으로는 어른스러운 부분이 있고, 사물을 멀리서 객관적으로 보기도 하니까 사실은 얕잡아 볼 수 없는 인물이기도 하다.

그 모든 면을 보면 단순히 까부는 사람으로는 도저히 생각할 수 없지만, 다이키 씨가 요구하는 인물은 아니다.

다이키 씨가 요구하는 것은 마히루와 같은, 이른바 요조숙녀이기에 치토세를 후보에서 제외하는 것이다.

치토세에게 부족함이 있는 것도 아니고, 치토세가 잘못한 것도 아니다. 단순히 궁합과 목적이 맞지 않을 뿐이다.

치토세는 다이키 씨가 못마땅해하는 것을 신경 쓰는지 한숨을 푹 쉬었다.

"그렇다고 마히룽처럼 되려고 해도, 이렇게…… 뻥 터지는걸. 잇군은 신경 쓰지 않아도 된다고 하지만, 역시 장래에는 그 집 딸이 되고 싶은 거잖아? 원만한 관계를 만들고 싶은 거라고요."

"어렵네. 금방 해결할 문제도 아니잖아."

"응, 연 단위로 걸려. 뭐, 노력하겠지만 말이야. 좀처럼 어떻게 할 수 없어서 참 곤란해. 궁합이란 게 있으니까."

난처한 기색으로 웃고 "아마네와 마히룽처럼 공인이었으면 좋을 텐데."라며 마히루에 달라붙어 빙수를 나눠 달라고 하는 치토세에게, 아마네는 뭐라고 말을 붙여야 할지 몰랐다.

마히루도 뭐라고 말해야 할지 모르는지, 그저 자상하게 치토세를 쓰다듬고 있다.

치토세도 어리광을 부리듯 들러붙어서 내친김에 빙수를 조르고 있었다.

그러다 보니 이츠키가 양손에 주문한 것을 들고 돌아오는 게 사람들 틈으로 보였다.

"별로 우울한 것도 아니니까, 잇군한테는 말하지 마."

먼저 당부한 치토세가 평소처럼 웃으며 이츠키에게 가는 것을, 아마네와 마히루는 차마 뭐라고 할 수 없는 얼굴로 배웅했다.

돌아온 이츠키와 합류한 세 사람은 먹을 것을 다 먹고, 사람들의 흐름에 천천히 몸을 맡기고 노점을 구경하고 있었다.

"그나저나 사람도 참 많구나."

"이 근처에서 유일한 축제니까. 노점도 많고 규모도 꽤 커. 그러니까 같은 학교 애들도 마주치는 거겠지."

그래도 맥없이 퇴각했다고 유쾌하게 웃는 이츠키에게, 실질적으로 쫓아내다시피 한 아마네는 어깨만 으쓱했다.

이야기를 들은 마히루가 어리둥절한 눈치인 것을 보면, 퇴각했다는 말을 신기하게 여기는 것이리라.

상황을 눈치채기 이전에 안중에도 없었다고 생각하니까 작은 우월감이 아마네의 가슴을 간지럽혔다.

(마히루의 시선조차 주기 싫었던 건, 독점욕 때문이겠지.)

마히루가 아마네 말고는 관심을 보이지 않는 것은 학교에서 보여 주는 모습으로 잘 알려진 줄 알았는데, 끝까지 포기할 수는 없었나 보다.

그 마음은 조금 이해할 수 있다.

청순가련하고 남자의 이상형을 구현한 듯한 소녀가 가까이 있는 것이다. 저들이 보면 갑자기 툭 튀어나온 남자가 낚아챈 셈이니까 납득할 수 없을 것이다.

다만, 역시 마히루가 아마네와 다른 사람 사이에서 태도가 확연하게 다른 것쯤은 이해해 주었으면 좋겠다.

(나도 참 사랑받고 있구나······.)

물론 알고는 있지만, 요새는 더욱 통감하고 있다.

마히루는 정말로 아마네를 소중히 여기고, 사랑하고 있다고.

당연히 아마네도 마히루가 자신에게 품은 감정과 똑같을 정도의 열량을 담아서 대하고 있지만, 역시 부끄러움과 자랑스러움이 동시에 찾아오니 답답함도 느꼈다.

"아마네는 정말 마히룽을 좋아하는구나. 얼굴에 다 드러나."

"어?"

"옛날에 비해서 뭐랄까, 인상이 편해지고 표정이나 눈빛이 엄청나게 부드러워져서······ 이렇게 말하면 좀 그렇지만, 아주 달짝지근해."

"인상이 조금 좋아진 건 나도 알겠는데, 달짝지근하다는 소리를 들어도 말이지."

태도나 말이 그렇다면 그나마 이해하겠는데, 눈빛이나 표정이 달짝지근하다고 하면 별로 실감이 나지 않는다.

아마네 자신은 군이 따지자면 무뚝뚝하고 차가운 성격이라고 생각하는데. 달짝지근하다는 소리를 들으면 고개가 저절로 기울어진다.

"마히루, 내가 정말로 그래?"

"어, 그, 그건······ 그래요."

"그래? 애초에 눈빛이 달짝지근하다는 소리를 들어도 말이지."

"다음에 사진을 찍을 테니까 자각하고 몸부림치라고."

진짜 엄청나다고 하니 다음부터는 사람들 앞에서 마히루를 귀여워하는 건 삼가자고 생각하면서도, 마히루는 항상 귀여우니까 끝까지 참을 자신이 없었다.

　얼굴을 확 붉히고 아마네를 힐끔힐끔 보는 마히루의 뺨을 손가락으로 어루만지면서, 조금만 더 뺨에 힘을 주기로 했다.

　"지금 와서 표정을 바로잡아도 우리에겐 무의미하지만 말이야."

　"시끄러워."

　"마히룽도 달짝지근한 아마네를 더 좋아할 건데?"

　"어, 그, 그건…… 어떤 아마네 군이라도, 좋아해요. 냉정한 아마네 군도, 부드러운 아마네 군도, 섹시한 아마네 군도……."

　"으헤, 섹시한 아마네를 본 적이 있구나."

　치토세가 능글맞게 웃지만, 아마네는 켕기는 짓을 일절 하지 않았으므로 떫은 표정을 지으면서도 당황하지는 않는다.

　아마네와 마히루는 사귄 지 두 달이 조금 넘었지만, 겨우 키스를 하게 된 정도이지 그 이상 나가지는 않았다. 당분간은 참을 생각이다.

　사귀자마자 그런 행위에 끌어들이는 것은 몸이 목적인 것 같아서 싫고, 부담은 다 마히루가 짊어지는 것이니까 거리낌 없이 충동적으로 할 수도 없을 것이다.

　마히루가 원한다면 아마네도 고려할 수 있지만, 현재로선 그런 기색이 없으니까 인연이 없는 이야기였다.

　"너희가 상상하는 일은 하지 않았어."

　"그걸 당당하게 말하는 점에서 절제를 잘한다고 할까, 순진하다고 할까?"

"그래도 키스는 했지?"

"너희랑 상관없잖아."

그건 마히루가 보고했구나 싶어서 잡은 손을 살짝 꾹꾹 눌러서 책망하자, 마히루가 얼굴을 새빨갛게 하면서 "미안해요."라고 작게 중얼거렸다.

여자들의 수다 중에 얼떨결에 입에 담았을 테니까 불평할 수는 없지만, 이렇게 지적받으면 조금 부끄럽다.

치토세가 보면 키스도 진도가 느린 건지 "정말 순진한 커플이네. 아니지, 아마네가 소심한 걸까?"라고 진지하게 감상을 말하니까 아마네의 미간에 주름이 잡힌다.

"뭐가 어때서. 우리가 알아서 진도를 뺄 거야."

"응. 그건 상관없는데. 너무 기다리게 하면 여자가 초조해지니까 적당히 하라고 말하고 싶어서."

"치, 치토세 양……."

"마히룽도 솔직하게 말하는 게 좋을걸? 아마네 군이 키스해 주지 않는다고 나한테 상담하는 것보다."

"아아아아아앗! 그걸 말하면 안 돼요!"

아마네가 황급히 치토세의 입을 막으려는 마히루에게 눈을 휘둥그레 뜨자, 치토세가 슬쩍 피하고 싱글벙글 웃으면서 마히루를 감상하듯 구경한다.

마히루의 운동 신경이 제아무리 좋아도 치토세 역시 운동 신경이 좋다. 더군다나 마히루와는 달리 바지를 입은 차림인 치토세를 붙잡을 수는 없었던 것 같다.

"후후, 마히룽은 부끄러워하지만, 내 눈에는 귀엽게 보이던 걸. 아마네의 소심함에 어처구니가 없기도 하지만."

"자, 자꾸 말하면 치토세 양이 아직 끝내지 않은 숙제의 마무리를 돕지 않을 거예요."

"그건 곤란한데. 그럼 입을 꾹 다물어야지."

귀여운 협박에 치토세가 더욱 훈훈한 기색으로 웃고서 입술을 따라 지퍼를 채우는 듯한 동작을 보인다.

아마네는 수치심에 몸을 바르르 떠는 마히루를 빤히 바라보았다. 그 시선을 눈치챈 마히루가 더욱 얼굴을 붉히며 도망치려는 것을 황급히 붙잡는다.

껴안듯이 붙잡고 진정시키듯 등을 토닥토닥 두드렸다.

"여기서 놓치면 합류하기 어렵고, 마히루가 남자들한테 붙들릴 테니까 도망치지 마."

"으으……."

"마히루 쪽은 보지 않을게. 알았지?"

보지 않는 대신 품에서 수치심에 몸부림치는 것을 느끼겠지만. 다만 그 생각을 입 밖으로 꺼냈다간 이번에는 반드시 도망칠 것 같아서 입을 다물고 타이르자, 마히루는 순순히 아마네의 품에서 몸을 떨었다.

이렇게 솔직한 점이 참 귀엽다고 절실히 느끼고 있는데, 이츠키와 치토세가 질색하는 눈으로 두 사람을 보고 있었다.

"그런 얼굴이 달짝지근한 얼굴이구나."

"무자각은 이래서 싫어."

비밀 이야기를 하는 듯하면서도 일부러 들리는 목소리로 말하는 이츠키와 치토세 때문에 얼굴이 뻣뻣해졌다.

그러나 마히루가 품에 있어서 탓할 수도 없었기에, 아마네는 곧이어 못마땅한 표정을 지었다.

"휴~ 잘 먹었어."

"대체 어디에 그만한 양이 다 들어가는 거야……."

노점을 얼추 다 돌아본 다음, 치토세는 배를 문지르며 만족스럽게 웃고 있었다.

배는 노점을 돌기 전보다 약간 볼록해 보이지만, 그래도 날씬하다. 아마네는 용케도 그 많은 양이 저 속에 다 들어갔다고 감탄해야 할지 황당해해야 할지 고민 중이었다.

"우후~ 이런 축제에서 먹는 음식은 각별해."

"뭐, 네가 만족한다면 괜찮지만…… 과식은 조심해."

"평소에는 이렇게 많이 안 먹거든요~. 잘 조정하고 있어요~."

날씬한 체형을 유지하는 치토세가 하는 말이니까 믿을 수밖에 없지만, 그래도 과식하는 것 같다. 그래도 본인이 납득하니까 아마네가 왈가왈부할 일은 아니겠지.

"그러는 아마네는 충분해? 내가 보기엔 전혀 안 먹었는데."

"음……. 나는 집에서 좀 챙겨 먹을 생각이라서. 마히루가 국물을 식히고 있으니까, 즉석 밥으로 차가운 *오차즈케나 해 먹

---

* 오차즈케 : 쌀밥에 녹차와 다시(가쓰오부시 등으로 우린 국물)를 부어서 먹는 일본 요리. 차밥.

으려고 했는데."

"맛있겠다."

"아직도 더 먹을 기력이 있나……."

노점에서 먹는 것도 좋지만, 하루의 마지막으론 마히루의 요리가 좋다. 집에서 마히루가 만들어 놓은 국물을 사용해 오차즈케를 만들려고 너무 먹지 않았는데, 설마 치토세의 식욕이 아직 여유가 있을 줄은 몰랐다.

치토세의 식욕에 쓴웃음을 짓는 마히루는 "다음에 와서 드세요."라고 타이르고 있다.

오늘 본 것만 해도 볶음국수와 닭튀김, 프랑크푸르트 소시지에 마히루가 산 문어풀빵 하나와 초코 바나나, 빙수까지. 남자도 배가 부를 정도로 먹었으니까 치토세의 속을 걱정하는 것이다.

그게 다 어디로 들어갔을까 싶어서 가느다란 허리를 보며 생각하고 있자니, 시선을 눈치챈 듯한 치토세가 "아잉, 변태."라며 몸을 비비 꼬고 싱겁게 눈을 흘겼다.

"됐어. 치토세의 밥통 용량은 차후 경과를 지켜보도록 하지."

"와, 시시해라."

"어쩔까? 그만 돌아갈까?"

어느 정도는 다 구경하고 돌아다녔고, 여름철이라 해가 늦게 저문다고는 하나 이미 하늘이 어둡다. 좀 있으면 오후 8시 30분이니까, 집이 있는 동네에서 멀리 외출한 아마네와 마히루의 이동 시간도 생각해서 슬슬 해산하는 것이 무난하리라.

치토세도, 이츠키가 있다고는 하지만 너무 늦은 시간에 돌아다니게 할 수는 없다.

"웅~. 가는 건 상관없는데, 나 마히룽 집에서 잘 건데?"

"네?"

"미리 마히룽 집에 짐을 두었거든~. 이건 예전부터 허가받았는데?"

웃으며 "그치?"라고 말을 건네는 치토세에게, 마히루도 쓴웃음을 지으며 고개를 끄덕인다.

여담으로 싫은 내색을 보이지 않아서 아마네도 걱정하진 않지만, 기왕이면 미리 말해 줬으면 좋겠다. 아마네가 장을 보니까 세 사람으로 늘어나면 그만큼 재료를 준비할 필요가 있을 것이다.

씩 웃는 치토세를 본 이츠키가 "나도 아마네에게 부탁할 걸 그랬네."라고 아쉬워하고 있다. 남친 혼자 집에 가는 건 불쌍하다고 생각하지만, 갈아입을 옷이 없으니까 어쩔 도리가 없다.

"나야 마히루만 괜찮다면 상관없지만……."

"아유, 아마네 군. 마히룽을 뺏겨서 심통이 났어요~?"

"여자한테 질투해서 어쩌게. 마히루는 내 것인 걸 잘 아니까 딱히 상관없어."

굳이 말하자면 치토세가 마히루에게 찰싹 달라붙는 게 싫다기보다는, 같은 여자라서 부담 없이 집에 들락날락할 수 있다는 사실이 부러운 쪽에 가깝다.

아마네도 다음에 마히루의 집을 방문하겠다고 약속했지만, 이건 각오가 필요하니까 편하게 갈 수 있는 치토세가 부러웠다.

그러므로 새삼스럽게 치토세를 질투하지는 않는다며 어깨를 으쓱했지만, 마히루가 뺨을 붉히고 치토세에게 훌쩍 도망쳤다.

"치토세 양, 이거예요. 아마네 군, 요새 이런 느낌이에요……."

"아이코, 마히룽도 참 큰일이구나."

"왜 그런 얼굴로 봐?"

"아무것도 아닌데~?"

치토세는 아까 동의를 구했을 때와는 다른 느낌으로 "그치? 마히룽?"이라고 물으며 장난스럽게 웃었다. 말없이 고개를 끄덕끄덕 움직인 마히루는 치토세에게 찰싹 달라붙어 부끄러운 듯이 아마네의 눈치를 살폈다.

『아마네~ 노올자~.』

"막 자려는 참인데 무슨 일이야……."

치토세가 마히루의 집에서 하룻밤 자고 가게 되면서 아마네는 축제 후에 평범하게 혼자 지냈다. 그런데 잠들기 전에 치토세에게서 영상 통화가 오는 바람에 저절로 눈썹이 곤두섰다.

통화 자체가 싫은 것이 아니다. 자려고 누웠는데 갑자기 영상 통화가 와서 약간의 짜증과 몽롱함을 느끼고 있었다.

화면에는 얼굴이 크게 나온 치토세가 방긋 웃는 모습이 떠서, 아마네는 화면부터 시끄럽다고 무례한 소감을 품으며 반대로 스마트폰을 멀찍이 베개 옆에 놓는다.

"저기 말이야. 난 자기 식전이었거든?"

『응, 알아. 완전히 자기 전의 자세인걸.』

"알면 끊어도 될까?"

『싫어~. 적어도 마히룽이 돌아온 후에 끊어~.』

"그러고 보니 마히루는?"

『목욕~. 오늘은 같이 안 들어가 주더라고.』

치토세는 아쉽다며 안타까운 기색으로 말하는데, 마히루의 선택은 옳다.

휴식을 겸한 목욕으로 마히루가 더 지칠 게 뻔하므로 혼자 목욕하는 게 낫겠지.

『마히룽이 아마네에게 잘 자라고 말하지 못해서 풀이 죽었으니까 이렇게 전화한 건데~. 아마네, 아직 끊지 마.』

"그 말을 들으면 끊을 수가 없어지잖아."

『그거, 안 말했으면 끊었다는 거잖아?』

너무하다고 깔깔 웃던 치토세가 문득 표정을 지우고 화면 너머로 아마네를 본다.

아까처럼 장난스러운 분위기는 없고 어딘가 달관한 듯 차분한 표정이어서, 아마네는 갑작스러운 치토세의 변화에 당황스러울 수밖에 없다.

『있잖아, 아마네. 물어봐도 돼?』

"뭔데."

이렇게 표정을 고쳤을 때는 진지한 질문이 나올 걸 알기에 무시하지 않고 대꾸하자, 치토세의 눈이 아마네를 가만히 바라본다.

『아마네는 마히룽을 얼마나 좋아해?』

"무슨 뜻이야?"

『아마네는 마히룽을 무척 아끼니까, 얼마나 좋아할까 싶어서.』

뭐라고 대답하기 곤란한 질문에 눈썹이 처지면서도, 치토세는 표정을 바꾸지 않았다.

『내 편견이라고 할까, 으음…… 일반적으로 보면 그렇다고 할까. 고등학생의 연애는 애들 장난~ 같이 보기도 하잖아. 진짜 사랑이 아니고 놀이라는 느낌으로.』

"다이키 씨가 그렇게 말했어?"

『야, 왠지 예리한걸?』

씩 웃는 치토세는 패기가 없어서, 왠지 기가 죽은 느낌이 든다.

스마트폰을 잡고서 침대에서 데굴 구르고는 슬쩍 한숨을 쉬는 것이 보였다.

『애들 장난으로 생각하진 않지만, 나는 항상 헤실헤실 웃으니까 남들이 진심으로 받아들여 주지 않는단 말이지. 그래서 그런지…… 장래를 얼마나 생각하는 사람이 있는지 궁금해졌거든.』

축제 때도 조금 그런 모습을 보여 주긴 했지만, 치토세 역시 이츠키의 아버지인 다이키 씨와의 관계에 고심하고 있을 것이다. 이츠키의 어머니는 그 부분에서 무관심한 것 같으니까, 극복해야 할 것은 다이키 씨다.

아마네는 치토세의 질문을 다 듣고 천천히 입을 연다.

답은 생각할 필요도 없이 나왔다.

"그래. 얼마나 좋아하는지 물어보면 대답하기 어렵지만…… 곁에서 쭉 웃는 얼굴로 있게 해 줄 생각은 있어."

얼마나 좋아하는지 말로 표현할 수 없다. 어떻게 비유해야 좋을지 모르겠다.

그래도 마히루를 행복하게 해 주고, 소중히 여기고 싶고, 평생 곁에서 웃어 주었으면 하는 마음으로 가득하다는 것만은 확실하다.

『그렇구나…….』

"치토세는 안 그래?"

"아니거든요. 물론 평생 잇군을 배꼽 잡게 할 거야."

"응. 그러면 되는 거잖아. 네가 그렇다면 그런 거야. 누가 뭐라고 한다고 그게 달라질 건 없으니까."

치토세가 조금 울컥하며 대꾸하자, 아마네도 웃으며 그대로 받아쳤다. 그러자 치토세가 스마트폰 화면 너머에서 쩔쩔매는 표정을 보인다.

『왠지 너무 좋은 남자라서 짜증이 나.』

"좋은 여자의 남친이니까 좋은 남자로 있고 싶거든?"

『와, 여유 쩔어……. 열받아.』

본인이 이 자리에 있었다면 등짝을 세게 얻어맞을 듯한 목소리로 못마땅하게…… 아니, 어딘지 모르게 기쁜 눈치로 중얼거린 치토세는 『마히룽은 진짜 사랑받고 있구나.』라고 말을 덧붙이고 웃었다.

그러고 나서 뒤돌아본다.

동시에 『무슨 이야기를 하고 있어요?』라고 귀에 익은 목소리가 들려왔으니까, 아무래도 마히루가 욕실에서 나온 것 같다. 치토세 너머로 노출이 적은 네글리제 차림의 마히루가 서 있다.

치토세의 잠옷 차림을 본 몸으로서는 설득력이 별로 없지만,

여자의 잠옷 차림을 빤히 보기는 그래서 미묘하게 시선을 돌리며 귀를 기울인다.

마히루가 치토세에게 접근했는지 화면 가장자리에서 황갈색 머리카락이 흔들렸다.

『음~? 마히룽의 남친은 좋은 남자라는 얘기를 했어.』

『아마네 군하고 무슨 일이 있었나요?』

『인생 상담을 했소이다.』

『인생 상담…….』

『응응.』

정답도 오답도 아닌 말로 대답한 치토세에게, 마히루가 화면 너머에서 작게 한숨을 쉰다.

불만을 품어서 뚱한 분위기에 치토세가 조금 당혹스러워할 때, 마히루가 치토세의 옆에 앉는 것이 보였다.

『저한테는 안 해 주나요?』

살짝 토라진 투로 하는 말을 들은 치토세가 잠시 굳었다가, 곧이어 스마트폰을 내던졌다.

스마트폰 속 시야가 빙빙 도는데, 스피커에서 『꺄.』 하고 마히루의 가냘픈 소리가 들리는 걸로 봐서는 아마도 치토세가 본인의 주특기인 스킨십에 나선 거겠지.

『마히룽은 귀엽구나! 할래, 할래! 많이 할래!』

『치토세 양…… 뛰어들면 위험해요.』

치토세를 나무라는 마히루의 목소리는 기쁜 눈치여서, 싫은 건 아니리라.

"에헤헤." 하는 치토세의 목소리가 들린다. 스마트폰 카메라가 침대 시트에 묻혔는지 화면이 어둡지만, 치토세가 마히루에게 찰싹 달라붙은 것은 상상할 수 있었다.

『마히룽, 좋아해.』

『저도 좋아해요.』

『헤헤헤, 아마네한테 가는 마히룽의 호감도를 빼앗았어.』

『네? 아, 아마네 군은, 저기, 특별하니까……!』

스마트폰을 들고 초조해하는 목소리로 필사적으로 변명하는 마히루를 보고, 아마네는 슬쩍 웃었다.

"그 정도는 나도 알아."

『으…….』

『2대 닭살 커플이 진짜.』

"원조는 입 다물고 있어."

치토세와 이츠키도 장난 아니니까 군소리를 듣고 싶지 않다.

"자, 얼른 여자 모임이나 하고 후다닥 잠이나 자. 밤샘은 미용의 천적이잖아."

이야기가 분위기 좋게 끝나려는 참이어서, 아마네는 시계를 보며 그런 말을 꺼냈다.

시간은 이미 밤 11시가 넘었다. 밤늦게 활동하지 않는 마히루는 슬슬 졸음이 찾아오겠지. 익숙하지 않은 유카타 차림으로 돌아다녔으니까 피곤해서 잠기운이 쏟아질 무렵이다.

실제로 치토세의 스마트폰을 잡은 마히루는 뺨이 발그레한 것과는 별개로 조금 졸린 눈치다. 통화를 너무 오래 끄는 것도 좋

© Hanekoto

지 않을 듯하다.

『아마네의 입에서 그런 소리를 들을 줄 몰랐어~. 하긴, 맞는 말이야. 그러면 슬슬 끊을게. 저기, 마히룽. 괜찮아?』

보채는 말을 듣고서야 무슨 이유로 치토세가 아마네에게 연락했는지 깨달은 듯, 마히루는 놀라서 눈을 크게 뜬 다음에 아마네를 보고 부드럽게 미소를 짓는다.

『아…… 아, 아마네 군. 안녕히 주무세요. 내일 또 봐요.』

"응, 잘 자. 내일 또 보자."

바로 옆에 있으면 머리를 쓰다듬었을 텐데. 아마네는 그렇게 생각하면서도 오늘은 여자 둘이서 방해받지 않고 즐겁게 지내길 바라니까 겉으로는 드러내지 않았다. 대신 놀러 온 친구와의 시간을 즐기는 듯한 마히루에게 똑같이 미소를 지어 주었다.

제8화　숙제는 먼저 끝내는 것

　"아마네, 도와줘."

　"몰라."

　샤프펜슬을 잡고 거실 테이블 앞에 앉은 치토세의 애원을, 아마네는 대놓고 어이없다는 투로 쳐냈다.

　마히루의 집에서 잔 치토세는 아무래도 숙제를 끝내려고 외박을 결행한 것 같다.

　아마네도 끌어들이려고 했는지 아마네의 집에서 숙제하기로 제멋대로 정하고 찾아왔는데, 아마네 자신은 한 달도 전에 숙제를 끝내고 자습만 하니까 허둥댈 필요가 조금도 없다.

　서둘러 책상 앞에 앉을 필요도 없어서, 아마네는 소파에 앉아 잡지를 보며 치토세를 내려다봤다.

　"애초에 뒤로 미루고 끝내지 않은 네 잘못이야. 계획적으로 살라고, 계획적으로. 나중에 기한에 쫓겨서 싫은 기분과 지친 머리로 여름방학의 막을 내리는 것보다 처음에 고생하고 숙제를 끝내서 남은 시간을 즐거운 여름방학으로 만드는 게 훨씬 낫잖아."

　"윽."

"이츠키와 함께 끝낼 수도 있었잖아. 걔도 이미 다 했는데? 애초에 이츠키는 어느 정도 조금씩 꾸준히 처리하니까 같이 했으면 지금처럼 곤란하지도 않을걸."

"으윽."

"그 이전에 왜 다른 사람한테 부탁하면 된다고 생각하는 거야. 숙제를 하는 사람은 너야. 지금까지 나태하게 보낸 대가를 치르는 거라고. 괜한 발악은 그만두고 책상 앞에 앉아서 숙제하는 게 더 빨리 끝날 텐데."

"마히룽~ 아마네가 괴롭혀~!"

아마네는 바른 소리를 한 셈인데, 치토세가 마히루에게 애원하고 매달린다.

마히루는 마침 치토세가 마실 주스를 가져온 듯, 쟁반에 오렌지색 액체가 담긴 잔이 있다.

"너무 심하게 말하면 못써요, 아마네 군."

쓴웃음을 지으면서도 꾸짖듯이 말하고 아마네에게 오렌지 주스를 건네는 마히루를 보고, 치토세는 기가 살아서 "거 봐~."라며 마히루를 본받으라는 듯 아마네에게 시선을 보낸다.

다만 마히루는 완전히 치토세의 편을 드는 것도 아니다. 오히려 사고방식은 아마네에 가깝다. 그래서 숙제를 먼저 끝내고 자습으로 넘어간 상태다.

마히루는 뭐든지 차곡차곡 처리해 나가는 성격이지만, 여름방학 과제는 먼저 끝낸다. 뭐든지 기한에 쫓기는 것은 별로 좋지 않으니까 할 일을 다 하고 나서 공부한 내용을 잊지 않도록 한다고 했다.

아마네와 거의 같은 생각이라 조금 안심했다.

"후후, 아마네 군이 방금 한 말을 옛날에 정리할 줄 모르던 본인에게 해 주고 싶네요."

"큭. 그, 그건 말이야."

종류는 달라도 마히루에게 바른 소리로 한 대 얻어맞은 적이 있는 아마네는 그 말을 들으면 꿀 먹은 벙어리가 될 수밖에 없다.

아마네의 말문이 막힌 것을 본 치토세가 "야단맞고 있잖아."라며 깔깔 웃었다.

그러자 마히루가 잔잔한 미소를 지으며 책상에 오렌지 주스를 두고 천천히 치토세의 어깨에 손을 얹는다.

"그건 그렇고. 치토세 양, 힘낼까요?"

"마히룽까지! 내 편이 아니었어?!"

"저는 치토세 씨 편이긴 한데요. 편을 들어도 숙제가 없어지는 건 아니니까요. 여름방학 초에 같이 하지 않겠냐고 물었는데도 놀기를 우선한 사람은 치토세 양이고요."

"으으윽."

"완전히 자업자득이잖아."

마히루가 같이 하자고 권했는데도 놀기를 선택했으니까, 치토세를 동정할 여지가 없다.

"치토세 양, 숙제가 많이 남았어도 제가 있으니까 걱정하지 마세요."

"마히룽……."

"일단 저녁때까지 앉아서 하면 반 정도는 끝날 테니까요…….
안 그래요?"

"싫어~!"

마히루는 어디까지나 자연스럽게 손을 뻗고는 희망을 싹 잘라
절망하게 만들었다. 아마네는 치토세를 보며 "불쌍하네."라고
남 일처럼 감상을 말한 다음 마히루에게 받은 오렌지 주스를 입
에 댄다.

일단 정말로 난처할 때는, 아니 마히루가 지도하느라 지쳤을
때는 교대할 작정인데, 투정을 너무 받아주면 까불기 때문에 채
찍을 적절하게 쓰는 것으로 방침을 잡는다.

싫다고 칭얼대면서도 마지못해 숙제할 태세가 된 치토세의 얼
굴을 옆에서 보면서, 아마네는 나중에 단것이라도 사 오자고 생
각했다.

"지~쳤~어~."

도중에 가볍게 휴식을 취하며 필사적으로 숙제를 하던 치토세
도 이제는 피곤한지 떼를 쓰듯 카펫에서 데굴데굴 구른다.

오늘은 반바지여서 다행인데, 치마라면 속이 보일 것 같은 움
직임이다. 아마네는 그런 치토세를 한심하게 봤다.

"그러다가 주스를 흘리기라도 하면 어쩔 거야?"

"그때는 무릎을 꿇을게."

"그렇게까지 자존심을 버릴 바에는 처음부터 흘리지 마. 게다
가 카펫이나 옷이 더러워지면 큰일이잖아."

마히루가 테이블에 있는 아마네와 치토세의 컵을 꼼꼼하게 챙겼으니까 걱정할 일은 없겠지만, 그대로 있으면 사고가 날 수도 있었다.

카펫에 쏟아도 화내지는 않지만, 얼룩을 빼는 수고를 생각하면 흘리지 않았으면 좋겠다.

마히루도 "얌전히 있어 주세요."라고 타이르고 있다.

그 미소에는 쓴웃음이 섞여 있어서 진심으로 말릴 마음은 없어 보인다. 숨을 돌리지 않으면 피곤하다는 것을 잘 아니까 그렇겠지.

"으으~ 그럼 굴러갈 곳이 없으니까 마히룽 무릎으로 갈게~."

"잠깐. 거긴 내 전용석이야."

"쪼잔해. 마히룽, 안 돼?"

"아마네 군이 안 된다면 안 돼요."

눈을 내리깔고 고개를 천천히 흔드는 마히루는 다소 어색한 눈치다.

그런 마히루에게, 치토세는 제안을 거절당했는데도 못마땅한 기색을 전혀 보이지 않고 상냥하게 미소를 띤다.

"무릎베개 체험은 못 했지만, 마히룽이 기뻐 보이면 됐어."

기쁨보다는 수줍음에 더 가깝지만, 그래도 뺨이 살짝 발그레 물들면서 풀어졌으니까 치토세의 말도 틀리진 않을 것이다.

전용석이라는 말이 기쁜 걸지도 모른다.

"그럼 나 대신 빨리 만끽해~. 그거 보고 열심히 숙제할게."

"싫어. 놀릴 게 뻔하잖아. 내 거니까 네가 없는 데서 할 건데요."

"정말 하는구나."

"특권이니까 괜찮아. 자, 단것을 사 올 테니까 얼른 숙제나 해."

"정말?!"

벌떡 일어나 눈을 확 빛내는 치토세가 참 약삭빠른 소녀임을 통감했다.

그 말을 기다렸다는 듯이 웃으니까, 아마네와 마히루 모두 쓴웃음을 짓는다.

"상이야, 상. 치토세가 열심히 하면 지금 가서 사 올게."

"할래! 할게! 역시 아마네, 통이 커! 내가 자주 가는 가게가 좋아! 치즈 케이크! 수플레!"

"일일이 주문하는 거야? 뭐, 먼 곳도 아니니까 상관없지만."

근처 케이크 가게와 비교하면 조금 멀고 가격도 조금 비싸지만, 그 정도면 별 차이가 없고 마히루도 그곳 케이크를 좋아한다고 하니까 가는 데 거부감이 없다.

"마히루는?"

"네, 저요……?"

"이왕이면 마히룽도 같이 다녀오는 게 어때?"

"네가 게으름을 피우니까 안 돼. 게다가 더운 날씨에 밖을 걷게 하는 것도 미안하고."

"날 얼마나 신용하지 않는 거야……. 하지만 아마네가 신사니까 지금은 꾹 참을게."

"네 것만 사 오진 않을 거야."

"그러면 상을 주는 게 아니잖아……?"

"알면 입 다물고 얌전히 숙제나 해."

말도 안 된다는 눈빛으로 보는 치토세를 무시하고, 아마네는 마히루에게 뭘 시킬지 물어봤다. 그리고 가토 쇼콜라를 사 달라는 대답을 듣고 일어선다.

역시 여름철에는 케이크 판매량도 다소 떨어지겠지만, 매진 됐을 가능성도 없지는 않다. 일찍 가서 나쁠 일은 없으리라.

"다녀올게."

지갑을 챙기고 거실을 나서자 뒤에서 마히루가 머뭇머뭇 따라온다.

보아하니 배웅하러 나오는 듯, 아마네가 현관에 앉아 스니커즈를 신을 때 마히루도 옆에 웅크리고 앉았다.

"왜?"

"아뇨, 더운 날에 미안해서요……."

"괜찮아. 내가 꺼낸 말이니까. 그보다도 치토세를 잘 감시해."

"후후후. 치토세 양은 저렇게 행동하지만, 성실할 때는 성실한걸요?"

"나도 알아. 그래도 혹시 모르니까. 뭐, 잘 쉬면서 애써 봐."

"알겠습니다."

마히루가 키득키득 웃으며 고개를 끄덕이자 아마네도 덩달아 웃고 일어선다.

"그럼 다녀올게."

"아, 기다려 주세요. 아마네 군, 잠깐 괜찮아요?"

부르는 소리에 돌아보자 마히루가 갑자기 아마네의 가슴에 몸을 기댔다.

갑작스러운 일에 몸을 굳히자 마히루는 꼼질꼼질 등 뒤로 손을 돌려서 아마네의 몸에 밀착했다.

향긋한 향기와 부드러운 감촉에 무심코 신음할 것 같다. 가까스로 참으면서 일단 머리를 쓰다듬자 간지러운 듯 눈을 희미하게 뜬 마히루가 고개를 들었다.

"오늘은 공부하느라고 조금 피곤해졌으니까. 보충했어요."

작게 속삭이는 말에 더는 참지 못한 아마네가 꼭 끌어안자, 마히루는 눈에 부끄러운 기색을 드러내면서도 기쁜 듯 미소를 짓는다.

"그런 말을 들으면, 떨어지고 싶지 않은데."

"그러면 곤란해요. 치토세 양이 슬퍼해요."

"치토세가 가고 나서는 그래도 돼?"

"꼭 부탁할게요."

고개를 끄덕이며 다시 아마네의 가슴에 얼굴을 파묻는 마히루를 보고, 아마네는 얼른 볼일을 보고 돌아오자고 속으로 다짐했다.

치토세와 마히루를 위해 케이크를 사서 돌아왔을 때, 현관에 있는 우편함을 살피다가 뭔가를 발견했다.

평소 보는 광고지와 달리 낯선 봉투가 하나 있었다.

고운 글씨로 '후지미야 아마네 님께'라고 적혀 있었다. 도대체 누가 이런 것을 보냈나 싶어 무심코 봉투를 뒤집었는데, 그곳에서 이름이 보였다.

© Hanekoto

봉투 뒷면에는 보낸 사람의 이름이 적혀 있었다.

──── '시이나 아사히' 라고.

(마히루의 아버지, 이름이지?)

마히루의 어머니 이름은 '시이나 사요' 로 아니까, 어머니는 아니다.

그리고 아마네를 아는 사람은 그 사람 정도일 것이다.

아마도 그때 마히루가 마중 나온 것을 목격한 것이다. 조금만 알아보면 아마네가 마히루와 가깝게 지내는 것도 예상할 수 있을 것이다.

다만 굳이 아마네에게 편지를 보낸 이유를 모르겠다. 친딸이 상대라면 모를까 딸의 남친에게 보낼 필요성이 느껴지지 않는다.

마히루의 말로는 마히루에게 관심이 없다고 하는데, 관심이 없다면 어떻게 지내는지 살피러 오지는 않는다.

아마네는 마히루 아버지의 의도를 전혀 알 수 없었다.

난감한 나머지 일단 집으로 가서 치토세가 귀가한 뒤 개봉하고자 가방 속에 편지를 넣었다.

"다녀오고 나서 분위기가 이상한데, 무슨 일 있어요?"

치토세가 낑낑대면서 대략 70퍼센트 정도 숙제를 끝내고 귀가하자, 마히루가 아마네의 얼굴을 들여다봤다.

마히루가 집으로 돌아가면 편지를 보려고 했는데, 아무래도 아마네가 뭔가 숨기는 것을 눈치챈 듯하다.

숨기고 싶어서 그런 것이 아니다. 편지에 무슨 내용이 있을지 몰라서 섣불리 알리지 않는 것이 좋겠다고 판단한 건데, 마히루가 의심할 정도라면 처음부터 숨기지 않는 편이 나았을지도 모른다.

"아, 그게, 뭐라고 할까."

"네. 아…… 저한테 말하기 어려운 거라면 억지로 묻진 않을게요."

어디까지나 아마네의 의사를 존중하겠다는 태도에 아마네는 다리를 펴고서 마히루를 바라보았다.

"말하기 껄끄럽다고 할까, 마히루가 듣기 싫어할지도 모른다고 할까."

"제가 듣기 싫은 일이라면…… 아, 그런 거군요."

자신의 부모님과 관계가 있는 일이라고 눈치챈 거겠지. 다음 순간에는 슬며시 쓴웃음을 짓고 있었다.

"설마 그 사람이 또 근처에 있었나요?"

"아니야. 그건 아니지만…… 내 앞으로 편지가 와서."

"아마네 군에게 편지를요? 보낸 사람은 누구죠?"

"시이나 아사히라고 하던데."

"그렇다면 저희 아버지가 맞아요."

무덤덤하게 고개를 끄덕인 마히루의 표정에선 예상보다 충격을 받은 기색이 없다. 참으로 담담한 얼굴이라서, 단순히 조금 놀란 듯하다.

다만 눈빛이 약간 싸늘한 것은 마히루가 부모님에게 받은 처사 때문이리라.

"왜 아마네 군에게 편지를 보냈는지와 어떻게 저와 아마네 군 사이를 알았는지는 궁금하지만, 제가 관여할 일은 아니겠죠."

"내용이 궁금하지 않아?"

"다른 사람에게 보낸 편지를 보는 취미는 없어요. 보낸 사람이 저희 아버지라도, 받는 사람은 아마네 군이니까요."

단호하게 말하는 모습을 보고, 아마네는 자신이 너무 의식하는 바람에 오히려 마히루가 배려하게 했다고 느꼈다.

그렇지만 마히루가 단순히 담담하게 넘어가는 건 아니다. 오히려 엮이기 싫은 것처럼 보인다.

평소보다 조금 더 부산하게 시선을 돌린 마히루는 "마음대로 보세요. 자리를 비울까요?"라며 싸늘한 목소리로 물었고, 아마네는 작게 쓴웃음을 지으며 고개를 흔들었다.

"음…… 잘 모르지만, 곁에 있어 주면 좋겠어. 싫으면 나 혼자 봐도 좋겠지만, 여친의 부모님이 보낸 편지는 긴장되니까."

"그렇다면 여기 있을게요. 편지 내용을 저에게 알릴지 어떨지는 아마네 군에게 판단을 맡기겠어요."

그렇게 말하고 테이블 위 참고서를 보는 마히루에게 살짝 한숨을 쉬고, 아마네는 옆에 둔 가방에서 봉투를 꺼냈다.

단단히 접착한 봉투를 조심스럽게 개봉하고, 안에 있는 종이를 꺼내 글자를 훑어보았다.

간단하게 정리하자면, 만나서 이야기하고 싶다는 취지와 연락처가 적혀 있었다.

(왜 하필 나하고…….)

마히루를 보러 온 게 아니었나? 어째서 아마네처럼 본인과 거의 무관한 사람을 불러내는지 전혀 모르겠다.

"뭔가, 나를 만나고 싶다고 하는데."

"딸이 아니라 아마네 군을요? 그렇군요."

목소리가 한층 싸해져서 저도 모르게 마히루의 머리를 쓰다듬자 간지러운 듯이 눈을 희미하게 뜬다.

"아니요, 화난 게 아니라…… 순수하게 의미를 모르겠어요. 왜 아마네 군을 만나려고 하는지 이유를 모르겠는데요."

"일반적으로 생각하면 딸 근처에 남자가 있어서 그럴 테지만."

"말도 안 되죠. 여태껏 방치했으면서 새삼스럽게 참견하다니."

"이건 어떻게 하면 좋을 것 같아?"

"딱히 만나는 걸 제한할 생각은 없어요."

정말로 아마네에게 판단을 맡길 것처럼 매우 담담한 답변을 들었다.

"아, 해를 끼칠지도 모른다고 걱정할 필요는 없을 거예요. 그 사람은 부모 자격이 없다고 생각하지만, 그것 말고는 상식이 있을 테고 남에게 윽박지를 사람도 아니니까요. 아버지를 잘 모르는 제가 이렇게 말하는 것도 이상하지만요……."

"마히루……."

"무슨 속셈인지는 모르겠지만, 남에게 해를 끼치는 사람도 아니니까 그 짐은 안심해도 돼요. 가든 말든 아마네 군의 자유예요."

그렇게 말하면서 몸을 맡기듯 기대는 마히루를 향해, 아마네는 "그렇구나."라고 작게 대꾸하고 다시 한번 편지를 바라보았다.

제9화 ▪ 한때 바랐던 바라지 않은 만남과 결의

　여름방학 마지막 날.

　예년 같으면 아마네도 밖에 나가지 않고 집에서 쉬었을 것이다. 마히루가 있으니까 더더욱 집에서 느긋하게 지냈는데, 오늘은 다르다.

　사람을 만나도 실례가 되지 않을 정도로 옷차림을 가다듬고 약속 장소로 향하고 있었다.

　시간이 오래 걸리지 않았으면 좋겠는데.

　낯선 사람과 이야기한다는 긴장감 때문이 아니다. 이야기가 길어질수록 마히루의 불안이 커지기 때문이다.

　만나러 가겠다고 전했을 때 마히루는 태연한 척했지만, 기분은 별로 좋지 않았을 것이다. 무슨 말을 들을지, 아마네는 어떻게 생각할지 고민하는 티가 났다.

　아마네도 그런 상태인 마히루를 오랫동안 혼자 두고 싶지는 않으므로 되도록 빨리 상대의 진의를 확인해야 한다.

　심리적으로 다소 무겁게 발걸음을 옮겨 약속 장소로 이동한 아마네는 자택에서 그다지 멀지 않은 카페 입구 부근에서 약속한 인물을 발견하고 몸을 똑바로 폈다.

아마네의 시선이 닿는 곳에는 평소 낯익은 황갈색 머리, 캐러멜색 눈, 피부가 하얀, 온화해 보이는 남자가 서 있었다.

딱 한 번 스쳐 지나가며 가볍게 말을 주고받은 남자. 본인은 이름을 대지 않았지만, 아마네는 그 이름을 마히루에게 들어서 알고 있었다.

"시이나 아사히 씨."

아마네가 말을 걸자, 그 남자—— 시이나 아사히는 아마네에게 눈길을 돌려 희미하게 웃음을 지었다.

"처음 보는 건 아니지만, 이렇게 서로를 인식하고 대화하는 건 처음일까?"

"네, 그러네요. 이야기는 마히루에게 들은 적이 있습니다."

아마네가 친근하게 마히루의 이름을 불렀다는 사실에 놀라는 기색은 없으니까, 아마도 그 정보도 잘 조사한 것이리라.

아마네의 말을 들은 아사히는 쓴웃음과도 비슷한 미소를 슬며시 짓는다.

심약하다기보다는 온화한 인상에 가까워서, 얼핏 봐서는 마히루를 방치한 나쁜 사람 같지는 않았다. 사람은 겉만 봐서 알 수 없다고 하니까 어디까지나 인상이 그렇다는 거지만.

"그렇다면 이야기하기 편하겠군. 잠시 시간을 좀 내줄 수 있겠나?"

"그러려고 부른 거잖아요?"

"그렇지. 급한 요청을 받아줘서 고마울 따름이야. 부탁은 해봤지만, 설마 받아들일 줄은 몰랐으니까 말이지."

"일부러 저를 지명해서 불러낸 이유가 궁금해서요……. 제가 아니라 마히루를 만나야 한다고 생각하는데요."

목적을 모른다면 우호적으로 대해야겠다고 생각했지만, 도저히 참지 못하고 말에 가시를 섞어 버렸다.

그것을 잘 이해한 아사히는 난처한 듯 눈꼬리를 내렸다.

"자네 말이 맞지만…… 그 아이는 내가 보기 싫을 테니까."

씁쓸하게 미소를 짓는 아사히는 마치 후회를 곱씹는 것처럼 보였다.

마히루가 당한 처사에는 분노를 느끼고 용서할 수 없다고 생각하지만, 눈앞에 있는 남자가 피도 눈물도 없는 인간으로 보이지는 않는다. 그렇다면 굳이 딸과 조용히 접촉하려고 하지 않을 테니.

그렇기에 의문은 더욱 커진다.

왜 직접 마히루와 만나지 않고, 가까운 인물인 아마네에게 이런 식으로 빙빙 돌아가며 접촉을 시도했을까.

이 남자가 무슨 생각을 하고, 무엇을 원하는지 아직 모르겠다.

의심하는 아마네의 눈빛을 눈치챘는지, 아사히는 뺨을 긁으며 난처한 듯 미소를 지었다.

"자네도 나한테 여러모로 물어보고 싶은 게 있겠지? 이런 데서 길게 이야기하는 것도 뭐하니까, 카페에 들어갈까?"

아무리 그래도 카페 입구 근처에서 길게 이야기할 수도 없는 노릇인지라, 아마네는 아사히의 제안에 고개를 끄덕이며 함께 카페 안으로 들어갔다.

"마음대로 시켜도 돼. 귀중한 여름방학 마지막 날에 이런 데로 불러냈으니까."

아마네도 가끔 오는 이 카페는 예약제로 이용하는 방이 있는데, 아사히가 예약했는지 그곳으로 안내받았다.

마주 보고 앉은 자리에서 온화한 얼굴에 미소를 띤 아사히가 메뉴판을 권한다.

그 호의를 받아들여 메뉴판에 있는 데일리 커피&케이크 세트를 주문하자 아사히도 똑같은 것을 점원에게 부탁했다.

그러고 나서 주문한 것이 도착할 때까지 그는 평온한 표정으로 입을 열지 않았다.

점원이 있는 곳에서 하고 싶지 않은 이야기라 아마네도 잠자코 있지만, 자신의 아버지와 연배가 비슷한 남자와 마주 보고 앉아 있으니까 영 어색하다.

그 어색함을 해소하려고 오늘 물어보고 싶은 것을 머릿속에서 정리하기를 세 번 정도 반복했을 때야 비로소 주문한 물건이 눈앞에 펼쳐졌다.

"그런데 무슨 일로 저를 부르셨죠?"

점원이 자리를 떠난 것을 확인하고, 아마네가 먼저 입을 열었다.

갑작스럽게 물어본 말이니까 조금 무례하겠지만, 아사히는 기분이 상한 기색도 없이 작게 웃었다.

"그렇지. 딸아이와 사귀는 것 같으니까, 그 아이가 어떻게 지내는지 물어보고 싶었어……라고 말하면 좋을까?"

"딱히, 보통인데요."

"경계하고 있군."

"안 할 것 같아요?"

"그래. 안 하는 게 이상하지."

납득한 듯 고개를 끄덕이는 아사히에게, 아마네는 영문을 몰라서 입술에 힘을 준다.

가령 마히루의 어머니처럼 딸에게 냉혹한 사람이라면 아마네도 강경하게 나설 수 있고, 얼마든지 대응할 수도 있다.

다만 아사히는 굳이 따지자면 딸을 걱정하는 아버지 같은 분위기가 나니까 도저히 육아를 포기한 부모 같지 않다. 대화만봐서는 착한 아버지 같기도 하다.

그래서 왜 마히루를 방치했는지 생각하고 마는데.

어쩌면 우호적인 태도를 보여 놓고 정작 마히루와 접촉할 기회가 생기면 태도가 싹 바뀔지도 모르지만, 그럴 분위기도 아니라고 아마네의 직감이 말하고 있다.

"저도 묻고 싶습니다. 지금 와서 마히루에게 접근하려고 한 이유는 뭡니까?"

'지금 와서'라는 부분에서 짜증이 섞인 것은, 마히루가 심하게 상처받은 모습을 지켜봤기 때문이리라.

마히루는 몇 년이 지나도록 빠지지 않는 가시에 괴로워했다.

최근에야 겨우 가시도 빠지고 상처도 아물기 시작했는데, 새로운 상처가 늘어나면 도저히 참을 수 없을 지경이다.

함께 걸어갈 생각인 아마네로선 괜한 상처를 입히고 싶지 않다. 불필요한 고통을 맛보게 하는 것은 피하고 싶다.

마히루와 서로 기대면서 살아가는 동안, 가능하다면 상처를 최대한 피할 것이고, 화근도 제거할 것이다

"자네는 정말로 그 아이를 소중히 여기는구나."

아마네의 적의를 맞받아치지도 않고, 아사히는 그저 감탄한 기색으로 조금 기쁜 내색을 드러낸다.

"딱히 집으로 데려올 생각은 없어. 자네가 걱정하는 것처럼 그 아이의 생활을 위협하는 짓은 할 마음이 없지."

"정말인가요?"

"물론이지. 적어도 나는 그 아이의 지금 생활을 방해할 권리가 하나도 없고, 그럴 생각도 없으니까."

"그렇다면 정말로 왜 마히루와 접촉하려고 한 거죠?"

"그렇게 물어보면 설명하기 어려운걸. 그저 얼굴을 보러 갔을 뿐이야."

"당신이 마히루를 버렸으면서?"

가족도 아닌 외부인이 할 말이 아니라는 것은 잘 안다.

그래도 마히루의 부모가 한 짓을 용서할 수는 없다.

그 사람들 때문에 마히루는 오랫동안 상처받았고, 그것을 감추려고 사랑스럽고 완벽한 소녀의 가면을 썼다. 사랑받기를 원해서 손을 뻗었다.

그 노력에 조금도 보답하지 않았던 사람, 어째서 지금 와서 마히루를 보려는 걸까?

변덕으로 손을 내미는 거라면, 아마네는 그 손을 쳐내고 싶다. 설령 아마네의 이기적인 분노라고 해도, 앞으로는 마히루가 아

프다고 울어 버리는 일에서 멀어지게 할 작정이다.

평소의 아마네답지 않게 뚜렷한 적의를 드러내는데, 아사히는 화내지도 않고 그저 담담한 표정으로 그 시선을 받아들인다.

"자네도 참 직설적으로 말하는군."

자신을 향한 분노 앞에서도 고요한 눈빛만 보이는 것이 불이 붙은 아마네의 감정에 더더욱 기름을 끼얹었다.

그래도 폭발하지 않은 건 테이블 밑에서 주먹을 꽉 쥐고 충동을 흘리기 때문이리라.

"맞아. 지금 와서 내가 그 아이의 부모 행세를 할 권리는 없겠지. 그 아이도 나를 아버지로 인식할지 의문이니까. 피가 이어진 타인 정도로 생각하지 않을까?"

"그걸 깨달을 정도로는, 본인이 한 일을 아시나 보군요."

"내가 한 일을 언제까지나 모른 척할 순 없으니까. 나와 사요는…… 그 아이의 부모를 자처할 만한 일을 하지 않았어. 세상에서 육아 방치로 불리는 짓을 했을 거야. 비난받아 마땅하지."

잔잔하면서도 냉정하게, 자신들이 한 짓을 객관시하는 아사히의 태도를 본 아마네는 입술을 꽉 깨물었다.

(왜, 더 일찍.)

더 일찍 자기 자신을 돌이켜 볼 수 없었던 것일까.

더 일찍 그럴 수 있었다면 마히루는 그렇게 상처받지도 않았고, 어머니의 애정은 얻지 못해도 아버지의 애정은 얻을 수 있었다. 마히루가 행복하게 웃는 미래가 있었는지도 모른다.

왜 지금 와서 참회하는가. 어디에 대고 화내야 할지 몰랐다.

아마네는 화낼 자격이 없을지도 모른다. 불합리한 분노일 수도 있다.

그래도 생각할 수밖에 없다.

왜 진작 마히루에게 손을 내밀지 않았느냐고.

여기가 만약 밖이었다면 언성을 높여서 멱살을 잡았을지도 모른다. 하지만 이성을 남기고 있는 아마네는 가게에서 소란을 일으켜 마히루의 사정을 알릴 수 없다며, 만약의 때를 대비해서 버티고 있다.

그런 생각으로 이 장소를 고른 거라면, 이 사람도 대단한 책략가일 것이다.

" '곤란하다면, 낳지 않으면 되는데.' 이 말을 누가 한 줄 아세요? 마히루 본인이 한 말입니다. 당신들은 그렇게 말하게 할 정도로 마히루를 몰아붙였습니다."

"그래."

목소리가 떨리는 것을 어떻게든 억누르며 피를 토할 것 같은 목소리로 담담하게 고백하자 해탈한 듯이 모든 것을 받아들이는 시선이 느껴진다.

그래서 더더욱 화가 나 버렸다.

"마히루를 방치해 놓고 후회할 바에는 처음부터 그러지 말았어야 했어요. 그랬다면 마히루는 그렇게 상처받지 않아도 됐을 텐데."

"입이 열 개라도 할 말이 없어. 물론 내가 부모로서 최악으로 굴었다는 자각도 있고."

"그렇다면, 정말로, 왜 지금 와서…… 마히루를 만나려고 하는 겁니까? 저는 당신과 만나서 마히루가 상처받는다면 만나게 하고 싶지 않아요. 외부인 주제에 너무 참견한다는 건 알지만, 마히루가 괴로워할 정도라면 만나게 하고 싶지 않아요."

원래라면 부모와 딸이 만나는 것을 방해할 수 없지만, 이번만큼은 마히루가 만나는 것을 원하지 않으니까 이렇게 강하게 말해 버렸다.

설령 눈앞에 있는 사람이 원망하더라도, 아마네는 양보할 생각이 없었다.

아사히는 아마네의 매서운 시선을 미안한 기색으로 받아들이며 씁쓸한 미소를 짓는다.

"왜 그 아이를 만나려고 하냐고 물어봤던가. 왜 그럴까?"

"지금 얼버무리는 겁니까?"

"그럴 마음은 없어. 다만 말로 표현하는 건 좀처럼 쉽지 않아서 말이지. 그래, 기회가 있을 때 보려고 한 거야."

"장래에 만날 수 없게 되거나, 만나지 않을 거란 이야기인가요?"

"그런 셈이지."

긍정하는 아사히를 보고, 아마네의 입안에서 쓴맛이 느껴진다.

"이기적이군요."

"맞아, 이기적이야. 그걸 바꿀 생각도 없고, 이제는 바꿀 수도 없어. 다만 그 아이를 더 불행하게 할 마음도 없지. 그러니까 차라리 미움받는 것이 더 나을지도 몰라."

"무슨 뜻인지 모르겠습니다."

"언젠가 알게 될 거야."

달관한 듯한 눈빛을 본 아마네는 아사히가 더 말할 생각이 없음을 깨닫고 추궁을 멈췄다.

"물어보고 싶은 게 또 있나?"

"아니요. 저는 이제 됐습니다."

"그렇군……. 그렇다면 나도 하나만 물어봐도 될까?"

"물어보시죠."

"그 아이는 지금 행복할까?"

뭘 물어볼 작정인가 싶어서 조금 경계했지만, 아사히는 변함없이 평온한 얼굴로 물었다.

마치 딸의 행복을 바라는 듯한 목소리와 눈빛을 접한 아마네는 주먹을 쥔 다음 천천히 숨을 내쉬었다.

"그건 본인에게 물어봐야 알겠지만, 제가 행복하게 하고 싶습니다. 행복하게 할 자신도 있고, 반드시 행복하게 해 주겠어요."

그것은 아마네의 소망이자 자부심이며, 결의가 담긴 말이다.

그토록 마음씨 착하고 섬세하며 누구보다 사랑에 굶주린 소녀를 놓아줄 생각은 없다.

마히루가 계속 웃었으면 좋겠고, 아마네의 손으로 행복하게 해 주고 싶다. 행복하게 해 주겠다고 마음먹었다. 누가 뭐라고 해도 그 뜻은 굽힐 생각이 없었다.

결코 크지 않으면서도 꿋꿋한 목소리로 딱 잘라 말하자 맞은편에 앉은 아사히가 캐러멜색 눈을 크게 뜨더니, 다음 순간에는 누가 봐도 안도하는 기색으로 눈빛이 잔잔해졌다.

"그렇구나. 그 말을 들을 수 있어서 다행이야."

부드럽게 미소를 띤 모습은 왠지 마히루를 떠올리게 했다.

"내가 부탁할 권리는 없지만, 그 아이를 잘 부탁합니다."

"부탁받지 않아도 행복하게 할게요."

"그렇구나……. 고마워."

버릇없다고 타박해도 이상하지 않은 목소리와 태도를 보였는데도 아사히는 기쁜 기색으로 웃었다. 그래서 아마네는 말로 표현할 수 없는 답답함을 느끼면서도 "그런 말을 들을 이유는 없어요."라고 아까보다 조금 독기가 빠진 목소리로 대답했다.

아마네가 아사히와 헤어지고 자택에 돌아오자 마히루는 여느 때처럼 고요한 표정으로 소파에 앉아 있었다.

평소 아마네의 집에 있을 때는 아마네가 귀가하면 현관으로 나와서 맞이해 주는데, 오늘만큼은 그럴 수도 없었을 것이다.

침착함보다는 억지로 진정시킨 듯 왠지 어색한 평온함을 가장한 마히루가 표정을 누그러뜨리지도 않고 아마네에게 시선을 돌린다.

"얘기하고 왔어."

"그래요?"

조금 서늘한 목소리는 아마네를 향한 것이 아니다. 애써 냉정해지려고 한 탓이겠지.

그런 마히루에게 아마네는 되도록 온화한 눈빛을 보내고 조용히 소파 옆자리에 앉는다.

마히루는 아마네가 옆에 앉자 쓰러지듯 몸을 살짝 기대고 밀착했다. 평소의 어리광이 아니라 마치 매달리려는 것 같은 분위기가 느껴졌다.

　(불안했겠지…….)

　아무렇지도 않은 척했지만, 자신을 방치하던 아버지가 지금 와서, 더군다나 남친과 접촉한 것이다.

　마히루는 자신의 아버지를 그토록 심한 인격 파탄자로 생각하는 것 같지는 않지만, 그래도 역시 불안했을 것이다.

　"마히루가 무서워할 일은 없었어. 상상했던 것보다 훨씬 조용한 사람이더라고."

　"그랬, 나요?"

　"뭘 이야기했는지, 말해도 될까?"

　"어느 쪽이든 상관없어요. 아마네 군이 말하는 것이 좋다고 생각한다면 이야기해 주세요."

　아마네에게 판단을 맡기겠다고 하면서도 듣는 것을 두려워하는 마히루의 떨리는 손을 잡는다.

　아마네로선 아무튼 말해야 한다고 생각한다.

　딸을 만나지 않고 그 남친을 만난 아버지가 뭘 생각하는지, 아마네도 전부 이해한 것은 아니다. 하지만 그 사람이 마히루를 불행하게 할 마음이 없다는 사실 정도는 전해야 할 것이다.

　"아사히 씨가 마히루를 어떻게 할 마음이 없다는 건 확실해. 지금의 생활을 망가뜨릴 생각은 없다고 했어."

　"그렇다면 다행이고요."

"그리고 마히루를 만나려고 한 이유 말인데, 전부 알려 주지는 않았어. 다만 만날 수 없을 테고, 만나지 않게 될 테니까 그전에 한번 보고 싶었다는 식의 말을 한 것 같아."

아마네의 말을 들은 마히루가 "지금껏 만난 적도 없었으면서 참 새삼스럽네요."라고 중얼거린다.

다만 그 목소리에는 경멸보다도 고통으로 가득했다.

"내가 보고 느낀 거지만, 아사히 씨는 현시점에서 마히루를 대수롭지 않게 여기는 것 같지 않았어. 오히려 행복하길 바라는 것처럼 보였는데."

그래서 이해할 수 없는 것이다.

왜 지금 와서 딸의 행복을 바라는지. 후회할 거라면 처음부터 육아를 포기하지 말았어야 했다. 그랬으면 마히루는 고독을 끌어안고 살지 않았을 텐데.

말하기 어려운 눈치로 고백하는 아마네에게, 마히루는 슬며시 한숨을 쉬었다.

"솔직히 말해서, 저는 부모라는 존재를 잘 몰라요……."

나지막하게, 그러면서도 잘 들리는 목소리로 말을 건넸다.

"돈만 대 주면 양육의 의무를 다했다고 생각하는, 그저 혈연만이 존재하는 타인. 그게 제가 생각하는 부모님이에요."

담담하게, 솔직하게 마음을 고백해 나가는 마히루의 표정은 여느 때보다 딱딱하고, 생기가 희박해 보였다.

"그 사람들은 단 한순간도 저를 봐 주지 않았어요. 아무리 착한 아이로 있어도 보지 않았어요. 제가 손을 뻗어도 그 손을 잡아 주는 일은 없었어요. 그러니까 제가 손을 뻗는 것을 그만두는 것은 당연한 거예요. 기대하지 않게 되는 것도 당연한 일이고요."

지금껏 부모님의 관심을 받지 못했으니까, 마히루가 부모님에게 기대하는 것을 그만두었다는 것은 어렴풋이 느끼고 있었다.

그리고 그 판단이 틀렸다고 생각하진 않는다. 어린 마음에 부모님에게 사랑받지 못하고, 사랑을 기대할 수 없음을 깨달은 마히루가 자기 자신을 지키기 위해서 기대하는 것을 그만둔 것은 어쩔 수 없는 일이다.

"아버지가 일을 잘하고 인격만 보면 좋은 사람이라는 사실은 알고 있었어요. 그래도 저를 봐 주지 않는다는 점에서는 변함이 없어서, 저는 아버지를 어떻게 봐야 할지 모르겠어요. 지금 와서 저를 생각해도 곤란해요."

"응."

"대체…… 왜 지금 와서."

"응."

"더 일찍 그랬다면, 저는."

마히루의 말은 이어지지 않았다.

다만 떨리는 듯한 숨소리만이 들리고, 곧이어 입술이 닫힌다.

힘을 주는지 꼭 다문 입술이 바르르 떨리고, 눈도 연거푸 깜빡인다. 마치 울먹일 것처럼 눈을 적신 마히루는, 그래도 눈물을 흘리지 않고 그저 조용히 마음속에 일어난 폭풍우를 넘기려는 것처럼 보였다.

그 모습이 허무하게 사라질 것 같아서, 아마네는 마히루를 끌어안고 가슴에 얼굴을 파묻게 했다.

예전에 마히루가 어머니와 만났을 때는 담요로 덮었다.

이번에는 그렇게 감출 것이 없어도, 아마네가 다 감싸고 받아들인다.

아마네의 품에 있는 가냘픈 몸이 떨리지만, 오열은 들리지 않았다.

다만 고개를 들 생각은 없는지 그대로 아마네에게 몸을 맡기고 한동안 납작한 가슴팍에 얼굴을 대고 있었다.

고개를 든 마히루는 눈시울이 빨갛지 않았다.

아마네의 품에서 조금 진정됐는지, 눈은 조금 일렁이고 있어도 괴로움을 참을 수 없는 기색은 아니다.

"마히루는 어떻게 하고 싶어?"

침착해질 때를 가늠해서 말을 건네자, 마히루가 눈을 내리떴다.

"모르겠어요. 저는 그저 지금 이대로 괜찮아요. 지금 와서 나타나도, 저는 그 사람을 부모라고 정상적으로 인식할 수 없어요."

"그렇구나."

"저는 이상한 딸일까요……?"

"그건 보는 사람에 따라 다를 테니까, 한 가지 답으로 말할 수 없어. 다만 마히루처럼 생각해도 이상하지 않을 테고, 나는 그 생각을 부정하지 않아. 마히루가 그렇게 생각한다면 그런 거야. 나는 마히루의 생각과 선택을 받아들이겠어."

"네……."

© Hanekoto

이상하고 아니고는 아마네가 정할 일이 아니다.

주관적으로 말하자면 마히루가 그 사람들을 부모로 인식하지 못할 수도 있다. 부모다운 일을 하지 않았는데도, 애정을 쏟지 않았는데도 부모로 대접하긴 어렵다.

"마히루의 선택을 지지할게. 나는 아직 남이야. 집안 사정에 깊이 파고들 수는 없어. 그래도 마히루의 의견을 존중하고, 무슨 일이 있어도 지지해 줄게."

"네……."

"쭉 곁에 있을 테니까. 불안해지면 언제든지 기대."

이미 아마네는 결심했다.

마히루를 놓칠 생각은 없다고, 평생 의지하며 살아갈 거라고.

후지미야 집안의 사람은 애정이 너무 크다는 말을 과거에 부모님의 친구에게 들은 적이 있다. 아마네는 자신도 예외는 아니었음을 깨닫고 피식 웃었다.

마히루를 향한 사랑이 사라지는 일은 절대로 없다고 느끼고 있었다.

예감이 아니다. 확신이다.

원래부터 한 가지를 쭉 좋아하는 성격이다. 그 대상이 사람이 되어도 변하지 않을 것이다.

사랑스러운 소녀는 아마네의 말에 표정을 흐트러뜨리고, 놓치지 않겠다는 듯이 아마네의 등을 감쌌다.

"정말로, 곁에 있어 줄 거예요?"

"당연하지."

"그럼 집에 가고 싶지 않아요, 혼자 두지 마세요……라고 말하면 아마네 군은 받아주는 건가요?"

조금 촉촉하게 느껴지는 속삭임에, 아마네는 아무렇지도 않게 "당연하지."라고 대꾸했다.

"마히루가 원한다면 언제든지 곁에 있을게. 쭉 곁에 있어 줄게. 예행연습으로, 우리 집에서 자고 가 볼래?"

아마네가 일부러 장난치듯 물어보자 무슨 뜻인지 이해한 듯, 울상이었던 마히루가 표정을 확 바꾸고 얼굴을 붉혔다.

아마네도 자신이 무슨 소리를 했는지 아니까 부끄럽지만, 눈이 핑핑 도는 마히루가 수치심으로 몸을 굳히는 것을 보면 여유가 생긴다.

"걱정하지 않아도 마히루는 혼자가 되지 않으니까, 안심해 줘."

심장이 뛰는 소리를 감추며 살며시 속삭이자, 마히루는 조금 전과는 다른 의미로 눈망울을 적시며 고개를 끄덕였다.

후기

이 책을 사 주셔서 감사합니다.

작가인 사에키상입니다. '옆집 천사님' 6권, 잘 보셨나요?

지난번에는 단편집이었지만, 이번에는 본편으로 돌아왔습니다. 여름방학은 아직 끝나지 않았어! 같은 내용입니다.

고향 집에서 꿍냥대면서 자신의 옛 인연을 하나하나 정리해 나가는 아마네 군과 그것을 지켜보면서 자신의 과거를 되새기는 마히루 양. 두 사람은 성격이 비슷하지만, 성장은 정반대인 구석이 있으니까 그 점도 앞으로 주목해 주세요.

다만 이러니저러니 해도 아마네 군이 잘 성장하고 있으니까, 마히루 양의 전부를 끌어안고도 웃으면서 행복하게 해 줄 정도의 그릇은 되지 않을까요. 작가도 1권 때와 비교하면 정말 달라졌다고 생각합니다. 이렇게 여친을 아끼는 소년이 될 줄 누가 알았을까요.

그리고 전권부터 계속해서 이츠키와 치토세의 사정도 슬쩍슬쩍 언급하고 있는데, 두 사람도 이래저래 고생하고 있습니다.

이 커플의 이야기도 앞으로 본편에서 건드려 나갈 예정입니다.

이번에도 하네코토 선생님께서 멋진 일러스트를 그려 주셨습니다. 이제는 매번 멋지다는 소리밖에 나오지 않는 어휘력이여.

6권은 여름방학이 계속된다고 해서 유카타를 그려 주셨습니다. 완전 청순 미소녀 상태입니다. 이런 미소녀를 데리고 있는 아마네 군에게 질투의 폭풍이 몰아칩니다.

이번에도 천사의 날개가 숨어 있으니까, 여러분도 찾아보세요!

그리고 컬러 삽화에서 같이 잠든 상태가 진짜 끝내줍니다. 노출은 별로 없는데도 왠지 모르게 야ㅎ……(글자는 여기서 끊긴다).

건전해! 진짜 건전해! 소심남=신사 아마네 군이 사고를 칠 리가 없잖아!

말은 그렇게 해도 한계는 있으니까, 아마네 군이 언제까지 참을 수 있을지 기대되네요(남 일처럼 말하기).

그러면 마지막으로 신세를 진 여러분께 감사 인사를 드립니다.

이 작품의 출판에 애써 주신 담당 편집자님, GA문고 편집부 여러분, 영업부 여러분, 교정 담당자님, 하네코토 선생님, 인쇄소 여러분, 이 책의 독자 여러분, 대단히 감사합니다.

다음 권에서 또 뵙겠습니다.

끝까지 읽어 주셔서 감사합니다!

옆집 천사님 때문에
어느샌가 인간적으로 타락한 사연 6

2022년 11월 25일 제1판 인쇄
2024년 11월 20일 제4쇄 발행

지음 사에키상 | **일러스트** 하네코토

옮김 JYH

제작 · 편집 노블엔진 편집부

발행 데이즈엔터(주)
등록번호 제 2023-000035호
주소 07551 서울특별시 강서구 양천로 570 NH서울타워 19층
대표전화 02-2013-5665

ISBN 979-11-380-1922-4
ISBN 979-11-6625-555-7 (세트)

OTONARI NO TENSHISAMA NI ITSUNOMANIKA DAMENINGEN NI SARETEITA KEN Vol.6
Copyright ⓒ 2022 Saekisan
Illustration copyright ⓒ 2022 Hanekoto
All rights reserved.
Original Japanese edition published in 2022 by SB Creative Corp.

This Korean edition is published by arrangement with SB Creative Corp., Tokyo
in care of Tuttle-Mori Agency, Inc.

이 책의 한국어판 저작권은 데이즈엔터(주)에 있습니다.
저작권법에 의해 한국 내에서 보호를 받는 저작물이므로 무단 전재와 무단 복제를 금합니다.

구매 시 파손된 도서는 구매처에서 교환하실 수 있습니다.
기타 불편사항, 문의사항이 있으신 독자님께서는 노블엔진 홈페이지
[http://novelengine.com] 에서
Q&A 게시판을 이용해 주시기 바랍니다.